AF217516

Tucholsky Wagner Zola Scott Sydow Freud Schlegel
Turgenev Wallace Fonatne
Twain Walther von der Vogelweide Fouqué Friedrich II. von Preußen
Weber Freiligrath Frey
Fechner Fichte Weiße Rose von Fallersleben Kant Ernst Frommel
Engels Fielding Hölderlin Richthofen
Fehrs Faber Flaubert Eichendorff Tacitus Dumas
Maximilian I. von Habsburg Fock Eliasberg Ebner Eschenbach
Feuerbach Ewald Eliot Zweig Vergil
Goethe Elisabeth von Österreich London
Mendelssohn Balzac Shakespeare Dostojewski Ganghofer
Trackl Lichtenberg Rathenau Doyle Gjellerup
Mommsen Stevenson Tolstoi Hambruch Droste-Hülshoff
Thoma Lenz Hanrieder
Dach Verne von Arnim Hägele Hauff Humboldt
Reuter Rousseau Hagen Hauptmann Gautier
. Karrillon Garschin Defoe Hebbel Baudelaire
Damaschke Descartes Hegel Kussmaul Herder
Wolfram von Eschenbach Dickens Schopenhauer Rilke George
Bronner Darwin Melville Grimm Jerome Bebel Proust
Campe Horváth Aristoteles Federer Herodot
Bismarck Vigny Barlach Voltaire Heine
Gengenbach Grillparzer Georgy
Storm Casanova Tersteegen Gilm
Chamberlain Lessing Langbein Gryphius
Brentano Claudius Schiller Lafontaine
Strachwitz Bellamy Schilling Kralik Iffland Sokrates
Katharina II. von Rußland Gerstäcker Raabe Gibbon Tschechow
Löns Hesse Hoffmann Gogol Wilde Gleim Vulpius
Luther Heym Hofmannsthal Klee Hölty Morgenstern
Roth Heyse Klopstock Kleist Goedicke
Luxemburg Puschkin Homer Mörike
Machiavelli La Roche Horaz Musil
Navarra Aurel Musset Kierkegaard Kraft Kraus
Lamprecht Kind Kirchhoff Hugo Moltke
Nestroy Marie de France Laotse Ipsen Liebknecht
Nietzsche Nansen Marx Ringelnatz
Lassalle Gorki Klett Leibniz
von Ossietzky May vom Stein Lawrence Irving
Petalozzi Platon Knigge
Sachs Poe Pückler Michelangelo Kock Kafka
Liebermann
de Sade Praetorius Mistral Zetkin Korolenko

Als der Mond in Dorothees Zimmer schien

Charlotte Niese

Impressum

Autor: Charlotte Niese
Umschlagkonzept: toepferschumann, Berlin

Verlag: tradition GmbH, Hamburg
ISBN: 978-3-8424-0994-1
Printed in Germany

Ziel der TREDITION CLASSICS ist es, tausende deutsch- und
fremdsprachige Klassiker wieder in Buchform verfügbar zu
machen. Die Werke wurden eingescannt und digitalisiert. Dadurch
können etwaige Fehler nicht komplett ausgeschlossen werden.
Unsere Kooperationspartner und wir von tradition versuchen, die
Werke bestmöglich zu bearbeiten. Sollten Sie trotzdem einen Fehler
finden, bitten wir diesen zu entschuldigen. Die Rechtschreibung der
Originalausgabe wurde unverändert übernommen. Daher können
sich hinsichtlich der Schreibweise Widersprüche zu der heutigen
Rechtschreibung ergeben.

Heute durfte Dorothees Zimmer zum ersten Male von ihren Freundinnen besichtigt werden. Das Zimmer, das Dorothees Mutter vorsichtig und liebevoll für ihre eben erwachsene Tochter zusammengestellt hatte. Alte Mahagonimöbel, Biedermeier und ein wenig Rokoko; weiße Vorhänge, und Bilder in einfachen Rahmen: hier Blücher, der Held der Befreiungskriege, dort Napoleon, und neben ihm Marie Antoinette.

Hübsch ist das Zimmer geworden, und dabei heimlich. Wer nachdenklich aufgelegt ist, der möchte sich in den alten hochbeinigen Stuhl setzen, der neben der kleinen Kommode steht, und die kleine Schäferin aus Porzellan betrachten, die lächelnd auf der blanken Fläche steht. Neben ihr steht ein abgegriffenes Metallkästchen und an der Wand darüber hängt eine Laute. Ein feines kleines Ding mit blauem Band. Das Band ist zerschlissen vor Alter und hat einige dunkle Flecke – eigentlich sollte man es wegtun und durch ein neues ersetzen.

So meint das junge Mädchen, das einen Augenblick vor der Schäferin und vor der Laute gestanden hat. Wenn Sachen zu alt sind, dann müssen sie eben weg.

Aber dann denkt sie gleich an anderes, und ihre Genossinnen gleichfalls. Wird draußen die Sonne nicht wundervoll rotgolden untergehen, und beginnen nicht die Rosen an den Hecken nach mehr zu duften als in der Mittagsglut? Und wartet nicht draußen die Fröhlichkeit, der Genuß auf sie? Noch mehr Jugend ist gekommen, und in den Rosenbüschen stimmt jemand eine Geige.

Die alte Zeit ist interessant, und die alten Sachen in Dorothees Zimmer sind angenehm zu haben, aber die Vergangenheit spricht noch nicht zu der Jugend – die will die Gegenwart. Und in den Rosenbüschen flüstert die zweite Geige.

Dorothees Zimmer steht leer. Die Sonne ist untergegangen, in der Ferne lachen die Menschen, und dazwischen schwirrt ein Geigenton. Hier aber ist alles still – schweigend stehen die alten Geräte, und als der Mond durch die offenen Fenster blickt, verzieht er sein breites Gesicht ein wenig. Denn er kennt alle die Dinge, die hier sein aufgereiht und aufgefrischt stehen.

»Ihr seid aber fein geworden!« sagt er. »Dich sah ich zuletzt bei der alten Frau im Siechenhaus und dich beim Lotsen am Elbstrand. Verändert habt ihr euch, aber recht zum Vorteil, das muß ich sagen.«

Sein Licht flimmert in den blanken Flächen, in den geputzten Beschlägen, und die Angeredeten stehen still und freuen sich, daß der Mond sie erkennt. Denn auch Wesen, die wir Menschen leblos nennen, wollen nicht vergessen sein. Die kleine Kommode zittert leise auf ihren vier Beinen: sie möchte gern antworten, aber der Mondstrahl ist schon weiter geglitten. Er umfaßt die kleine Schäferin aus Porzellan, und sie sieht ihn mit ihren leeren Augen an. »Bist du auch da?« sagt der Mond. »Es ist wohl lange her, daß ich dich nicht sah. In welcher Lade hast denn du so lange geschlafen? Als ich dich zuerst kennen lernte, da standest du in einem hohen Raum mit seidenen Vorhängen, und neben dir eine Menge ähnlicher Figuren. Das war nicht hier im deutschen Land. Es war damals, als das Volk der Franzosen so wild wurde und so viele seiner eigenen Landsleute zum Tode verurteilte. Es ist eine Reihe von Jahren seitdem vergangen; aber das Volk der Franzosen hat sich nicht gerade stark verändert.«

Die Schäferin reckt sich und möchte antworten, aber der Mondstrahl wandert weiter.

»Laß nur!« sagt er dabei, »du kommst noch an die Reihe. Ich unterhalte mich gern von alten Zeiten. Aber erst einmal« – er streichelt die alte Dose, die neben der Schäferin steht, legt sich dann aber auf die Laute, die an der Wand hängt. Irgendein Windhauch muß sie berührt haben – sie klingt ganz leise, und es geht wie ein Raunen durch das mondbeglänzte Zimmer.

»Sprich nur weiter!« sagt der Mond. »Du bist lange stumm gewesen, sehr lange, und vielleicht hast du deine Stimme ganz verloren. Damals, als ich sie hörte, war sie sehr lieblich. Ich habe es nicht vergessen, weil ich überhaupt nichts vergesse; aber ich wundere mich doch, dich hier zu finden. Und du hast noch das Band? Dasselbe blaue? Wenn man denkt, daß es weit über hundert Jahre alt ist, dann wundert man sich, daß es so lange hielt. Aber es war das beste Band aus der Seidenwirkerei zu Lyon, die kleine Marquise wollte nichts anderes für ihre Laute haben. Sie war damals ein verwöhntes kleines Mädchen: wie die meisten ihres Standes. Es ging ihr zu gut – gerade wie es ihren Standesgenossen zu gut ging: dafür mußten sie nachher alle leiden.«

Wieder klingt die Laute und das blaue Band raschelt im Zugwind. Der Mond versteht sie.

»Du meinst, die kleine Marquise wäre nicht allzusehr verwöhnt gewesen? Ich gebe zu, daß sie ein gutes Herz hatte, auch für die Armen und die Hungrigen. Denn damals gab es in der großen Stadt Paris eine Unzahl von Armen und von Hungrigen. Nur, daß die vornehmen und reichen Menschen davon nichts wissen wollten und es auch durchsetzten, daß niemand mit ihnen davon redete. Sie wollten ihrem Vergnügen leben, schöne Kleider tragen und sich vom Morgen bis Abend belustigen. Die schöne Königin ging ihnen mit ihrem Verlangen nach Zerstreuung voran. Damals, als sie von Österreich nach Frankreich geschickt wurde und noch ein wirkliches Kind war, das sich nicht als Kronprinzessin für ein fremdes Land eignete, damals habe ich versucht, mit ihrer kaiserlichen Mutter, der Maria Theresia, zu reden. Denn ich spreche genau so offen mit Kaiserinnen wie mit Holzfällern! vor mir sind alle Menschen gleich. Also, wie damals die Kaiserin im Garten zu Schönbrunn allein wanderte und ernsthaft zu mir herauf sah, denn ich stand voll am Himmel, wie heute abend, und die Majestäten sehen eben so nachdenklich in mein Gesicht als die einfachen Leute. Zu der Zeit also versuchte ich, der Kaiserin einen Gedanken ins Herz zu geben, sie möge ihre junge Tochter noch ein wenig bei sich behalten und sie nicht an den französischen Hof schicken. Ich meine, daß mich die gute Frau verstanden hat. So sehr ernsthaft schaute sie mich an und seufzte dabei. Aber dann hat sie doch gehandelt, was ihre Staatsmänner ihr vorredeten. Staatsmänner sind oft eine böse Einrichtung, weil ihnen der gesunde Menschenverstand fehlt. Nun, dann ist das Schicksal seinen Lauf gegangen und die junge lebenslustige Königin von Frankreich hat sich in die weißhaarige Witwe Capet verwandelt, die ich noch sah, als man sie in den kleinen elenden Sarg legte, der dann in die große Kalkgrube versenkt wurde.

Ach ja, ich habe viel gesehen und viel erlebt: aber ich vergesse niemanden, und auch nicht die kleine Marquise mit der Laute und ihrem blauen Bande. Ich weiß noch, wie sie im Tuilerienschloß vor der Königin sang, und wie auch die Laute sang. Es war lieblich anzuanzuhören, und die schöne Königin vergaß ihre Sorgen und begann leise mitzusingen. Denn sie hatte schon viele Sorgen, und ich habe sie oft weinen sehen. Die sanfte Musik tat ihrem Herzen wohl, und ihre Kinder baten, zuhören zu dürfen. Der Kronprinz und die Prinzessin Maria Theresia. Du hast dich auch damals ausgezeichnet, kleine Laute, und ich muß dich noch heute deswegen loben. Denn es gibt nichts Besseres, als betrübte und verzagte Menschen zu trösten. Und die Musik versteht es am besten. Als die vornehmen Herrschaften in den Gefängnissen von Paris untergebracht waren, da habe ich oft auf sie hinabgesehen und dieselbe Erfahrung gemacht. Mancher hat sein Leid vergessen, wenn er singen und spielen hörte. Und mancher, der am Abend noch singen durfte, ist ganz gefaßt den anderen Morgen auf den Karren gestiegen, der ihn zur Guillotine brachte.«

Der Mond hält inne. Ein klagender Ton schwirrt durch die Stille und es ist gerade, als schluchzt jemand leise.

Da beginnt auch der Mondstrahl ein wenig zu zittern.

»Du mußt nicht so traurig sein, liebe Laute, es ist ja alles vergangen. Deine kleine Marquise schläft lange den tiefen Schlaf, den die Lebenden so fürchten, weil sie ihn nicht kennen. Und er ist doch ein Ausruhen nach vielem Leide. Ich weiß, daß deine kleine Marquise viele Schritte hat gehen müssen, ehe sie in die ewige Ruhe eingegangen ist, aber das müssen auch andere Menschenkinder, und darüber darfst du nicht klagen.«

Es waren sehr viele Schritte,« erwiderte die Laute, und alle in Dorothees Zimmer horchten auf die sanfte, klingende Stimme. »Sehr viele Schritte, lieber Mond, und wenn du auch vieles siehst, so kannst du nicht alles erblicken. Und von uns hast du viele Wochen lang nichts sehen können, weil, wo wir waren, deine Strahlen nicht hinreichten. Du schienest auch nicht, als wir aus Paris, dieser Höllenstadt, flohen. Die alte Gemüsefrau, die jeden Morgen mit ihrem Kohl in die Stadt fahren durfte, weil die Pariser doch nicht verhungern wollten, die hat uns unter ihren leeren Säcken mitgenommen. Sie war eine gute Frau, und nicht geldgieriger, als sie alle sind. Sie wußte, daß die kleine Marquise ins Gefängnis und bald auf die Guillotine sollte, und sie empfand Mitleid. Hatte sie doch selbst eine Tochter von zwanzig Jahren, und sie würde sie ungern dem Henkerbeil ausgeliefert haben. Wenn sie auch meinte, daß den vornehmen Leuten ein Aderlaß nicht schadete. Im ganzen hatte sie vielleicht recht: ich habe manches gesehen und gehört, das mir sehr schmerzlich gewesen ist, aber meine kleine Marquise mußte gerettet werden, und die gute Mutter Grosset half uns nach besten Kräften. Wie alles eingerichtet wurde, weiß ich nicht, das ist nicht in meiner Gegenwart besprochen worden; wir saßen in tiefschwarzer Nacht unter leeren Kohlsäcken und sind von einem Wagen auf den andern gegangen. Bis wir in einem Dorfe Nordfrankreichs endeten, in dessen Mitte eine mächtige Kirche stand. Unter dieser Kirche lagen die unterirdischen Höhlen, in denen sich eine große Gesellschaft von Aristokraten versteckt hielt, bis sie Gelegenheit fanden, über die Grenze zu flüchten.«

»Und dorthin ist die kleine Marquise ganz allein gekommen?« Der Mond ist erstaunt, und die Laute singt leise weiter.

»Ganz allein, guter Mond. Wer sollte auch mitgehen? Die Eltern der Marquise, der Herzog und die Frau Herzogin mußten ihren Kopf verlieren, sie hätten fliehen sollen, als es noch Zeit war; aber sie konnten sich nicht denken, daß sie in Gefahr wären. Sie waren immer gut und verständig gegen ihre Leute gewesen, sowohl in Paris als auf dem Lande. Aber ihr Name war eben zu vornehm: ihr eigner Koch gab sie an, und ihre Tochter blieb allein. Ich glaube, sie hätte nichts dagegen gehabt, auch zum Richtplatz geführt zu werden, aber es gab einen alten frommen Abbé, der sich ihrer annahm. Er mag die Sache mit der Gemüsefrau verabredet haben; ich weiß nur, daß wir jetzt unter der Erde lebten und daß sich dort eine große Anzahl von Edelleuten und Frauen versammelt hatten. Schade, daß du diese unterirdischen Räume niemals sehen wirst, lieber Mond! Aber dorthin kannst du wirklich nicht scheinen, ebenso, wie deine große Mutter, die Sonne, nur selten einen kleinen Strahl unter die Erde senden konnte. Nämlich, wenn wir eine Falltür öffneten, die mitten auf einer Wiese lag, und die den Kellern frische Luft brachte. Sie war so verborgen und mit Gras bewachsen, daß niemand, der ihre Lage nicht kannte, sie finden konnte. Einige der Edelleute haben sie an Tagen, wenn die Wiese leer war, geöffnet, und dann konnte die Sonne, wenn sie am Himmel stand, bis tief nach unten scheinen. Dann sind die Flüchtlinge wohl die steilen Stufen nach oben hinaufgegangen und haben sich in die Sonne gesetzt. Besonders zwei alte Herzoginnen, die mit ihren Dienerinnen hierher verschlagen waren. Die eine war achtzig, die andre siebzig Jahre alt. Es war ihnen immer sehr gut gegangen: von Reichtum umgeben hatten sie auf ihren vornehmen Landsitzen gelebt, und im Winter in der Nähe des Hofes in Paris. Nun saßen sie unter der Erde, hatten einen Strohsack zum Lager, und wenig, und sonderbares Essen. Aber sie haben sich beide nicht beklagt und haben viel in ihrem Gebetbuch gelesen. Besonders wenn sie in der Sonne sitzen durften. Aber wir hatten unten Kerzen, viele kleine Räume und eine große Küche. Es gab verschiedene Diener und Dienerinnen, die ihre Herrschaft auch hierher begleiteten. Die sind dann als Bauern verkleidet ausgegangen und haben Eßwaren eingekauft. Wahrscheinlich werden sie oben im Dorf Freunde gehabt haben, die ihnen beistanden: davon habe ich wohl reden hören. Aber es kamen auch mehrmals Zeiten, wo die Jakobiner aus Paris und den Hauptstädten kamen, das Dorf durchzogen und nach Aristokraten suchten, damit sie sie töten, oder mit nach Paris ins Gefängnis führen könnten. Das war dann immer eine häßliche Zeit. Ich war die einzige Laute dort unten und wurde viel gespielt. Da war Graf Gaston, der oft zu mir sang, aber wenn oben die Sturmglocke ging und wir die Sanskulotten schreien und toben hörten, dann war alles still. Es war nicht zu befürchten, daß die Sanskulotten den Eingang unter dem Glockenturm der Kirche entdecken würden, aber besser war es doch, sich ruhig zu verhalten.«

»Wie lange bist du dort gewesen?« fragte der Mond.

Die Laute schwieg einen Augenblick. »Ganz genau kann ich es nicht sagen. Es war im Frühjahr, als wir in die großen Keller einzogen; als wir weiterreisen wollten, war es eine warme Sommernacht. Du standest nicht am Himmel, lieber Mond – du weißt, daß dein Licht manchmal zum Verräter wird. Meine kleine Marquise saß auf einem Wagen, neben ihr der Graf und die jüngere der zwei Herzoginnen. Die Marquise hielt mich auf dem Schoß, und manchmal strich sie über meine Saiten. Sie hatte mich manche Woche nicht angerührt, weil ihr der Sinn nicht nach Musik stand: aber sie hörte doch zu, wenn Graf Gaston mich spielte, und heute wußte ich, daß sie mich wieder spielen würde. Sie und Graf Gaston hatten sich dort unter der Erde gefunden; sobald sie Frankreich verlassen hatten, wollten sie sich vermählen. Die alte Herzogin hatte den besten Platz im Wagen und schlief ganz fest, die zwei andern saßen Hand in Hand und küßten sich. Es war warm und still; nur die Sterne leuchteten. Auf dem Bock saß ein Bauernbursche, der manchmal vor sich hinpfiff, dabei aber auf seine Pferde acht gab, daß sie liefen. Denn wir waren noch ein weites Stück von der Grenze entfernt. Ich hatte große Angst. Wenn nun die Jakobiner kamen und uns anhielten, was dann?«

Die Laute hielt inne, und wieder ging es wie ein Seufzer durchs Gemach. »Dann, gegen Morgen, sind die Soldaten der Republik gekommen und haben den Wagen angehalten. Sie haben den Grafen Gaston aus dem Wagen geholt und die kleine Marquise. Die alte Herzogin ließen sie weiterfahren, und mich auch. Da sind wir denn zusammen nach Deutschland gekommen, und endlich bis hier.«

»Und die kleine Marquise?«

»Ich habe nachher von ihr gehört!« erwiderte die Laute traurig. »Sie hat lange, lange im Gefängnis gesessen und ist erst wieder herausgekommen, als sie eine ernsthafte Frau war. Dann ist sie eine große Dame am Hofe des Kaisers Napoleon geworden, und man hat sie die stolze Marquise genannt. Der Kaiser ist immer sehr artig gegen sie gewesen und hat ihr manche Aufmerksamkeit erwiesen. Einmal hat er ihr eine Laute geschenkt, weil er gehört hatte, daß sie eine sehr schöne in der bösen Zeit verloren habe. Aber sie hat nie auf ihr gespielt. Sie machte sich nichts mehr aus Musik, seitdem Graf Gaston zur Guillotine fahren mußte. Auf dem Armensünderkarren. Die alte Herzogin hat öfters davon gesprochen. Sie hat mich zuerst verkaufen wollen, weil sie arm war, und oft sehr hungrig. Aber die Leute wollten nichts für mich geben. Mein blaues Band hatte die dunklen Flecken, und einige Saiten von mir waren auf der weiten Reise gerissen. Es gab auch noch mehr französische Lauten in der Stadt. Und die Herzogin freute sich im stillen, wenn niemand etwas von mir wissen wollte. Weil ich doch die dunklen Flecken im Bande hatte und weil diese Flecken vom Blut des guten Königs herrührten: Nämlich, als er enthauptet wurde und meine kleine Marquise, die unerkannt in der Volksmenge stand, mit vielen andern herbeieilte, um das Blut des heiligen Märtyrers in ihrem Taschentuch aufzufangen. Da sie das Lautenband um den Hals trug, erhielt dieses noch mehr Flecke, als das kleine Tuch, das ihr jemand gleich wieder entriß. Denn der arme König hatte viele Freunde in der Zuschauermenge, die seinen Richtplatz umgab – sie hatten nur nicht den Mut, hervorzutreten. Die Franzosen sind immer sonderbar gewesen. Sie lassen sich vom Schrecken regieren.«

Die Laute schwieg, und der Mond sagte eine Weile nichts. Er warf seine weißen Strahlen auf einen Stuhl, der gerade unter der Laute stand, und der nun zu knistern begann. Er wartete nicht die Erlaubnis des Mondes ab, sondern begann ohne weiteres zu reden.

»Ja, die Franzosen sind komisch!« begann er. »Ich kenne sie nicht in ihrem eignen Lande, aber ich habe genug von ihnen hier gesehen und gefühlt. Denn wohl hundert, wenn nicht mehr, haben auf mir gesessen, sind aufgesprungen und dann wieder auf mich gefallen. So ein richtiger Franzmann der kann nicht lange ruhig auf einem Fleck sitzen. Ich gehörte der alten Madame Schleppegrell und war schon einige Jahre alt, als die Franzleute in unsere Stadt kamen. Ganz allmählich und zuerst etwas ängstlich: denn sie waren aus vielen Städten des Deutschen Reiches ausgewiesen, weil sie sich nicht gut betragen hatten. Obgleich sie aus Frankreich flohen, weil ihnen dort nach dem Leben getrachtet wurde, so dachten sie doch nicht daran, sich dem deutschen Volke dankbar zu beweisen, das sie zuerst mitleidig und barmherzig aufnahm. Ganz im Gegenteil: kaum waren sie in Sicherheit, bildeten sie sich ein, sie könnten regieren und alles so einrichten wie es ihnen paßte. Und wenn sie merkten, daß die gutmütigen Deutschen sich nicht alles gefallen ließen, dann schalten sie auf die Sauerkrautesser und Biertrinker, und fanden sie ungebildet und verwildert. Ich habe manches Gespräch der Franzosen untereinander angehört und mich oft über sie geärgert. Unter manchem dummen, ruhmredigen Kerl wäre ich gern zusammengebrochen, aber ich war dazu zu stark gearbeitet. Tischler Sörnsen, der mich verfertigte, machte nur gute Arbeit: sonst hätte Madame Schleppegrell mich auch nicht gekauft. Sie war eigen und gestrenge: wenn sie mit einem Staubtuch durch ihre Zimmer ging, dann hatten wir alle Angst. Jeder richtete sich auf und suchte zu blitzen, wie sich das für echtes Mahagoni gebührt. Und begreifen kann ich es noch immer nicht, daß Frau Schleppegrell der alten Herzogin Obdach gewährte und ihr die zwei besten Zimmer mit den besten Mobilien gab.«

»Es war eben eine Herzogin!« warf die Laute ein, und der Stuhl knisterte spöttisch.

»Nun ja, eine Herzogin mag sie schon gewesen sein sie hatte das Benehmen einer großen Dame, aber daß Dankbarkeit gleichfalls zu einer großen Dame gehört, war ihr nicht klar. Wie elend und verhungert kam sie in unsere Stadt! Es war schon eine Reihe von Franzosen da, und auch Verwandte und Bekannte von ihr. Sie begegneten ihr, wie sie von Harburg über die Elbe kam, bedauerten sie mit vielen Worten und fragten gleich, ob sie nicht recht viel Geld mitgebracht hätte. Geld wollten sie alle haben: ganz natürlich. Mit Geld kann man bekanntlich selbst den Teufel tanzen machen: und diese Stadt hier hatte selbst nicht viel Geld und mußte sich einen Teil dessen, was sie für die Flüchtlinge tat, bezahlen lassen. Ich sage, nur einen Teil: Das Essen und die Wohnung. Das Mitleid und Wohlwollen, das den Leuten hier entgegengetragen wurde, das ist niemals bezahlt und niemals anerkannt worden!«

Der Stuhl schöpfte Atem und die Laute klagte leise.

»Natürlich, du bist anderer Ansicht!« begann der Stuhl von neuem. »Du bist immer in der feinen Gesellschaft gewesen, und wenn die Aristokraten auf dir gespielt und dazu gesungen haben, dann waren sie liebenswürdig und gut. In den unterirdischen Kellern der Pikardie, oder wo es war, da zeigte die Gesellschaft auch nicht ihre großen Fehler. Da waren alle täglich in Gefahr, und wenn der Tod über einem hängt, dann wird man artig. Aber wie die Menschen in Sicherheit waren, wurden sie gleich unbescheiden. Auch deine Herzogin, liebe Laute, die ich dich häufig bei ihr gesehen habe, da du in ihrem Schlafzimmer, hinter dem Bett hingest und nicht gerade sehr geehrt wurdest. Obgleich du von feinerer Machart bist als ich, und noch dazu das mit dem heiligen Blut besprytzte Band trugest. Aber die Herzogin war alt und vergaß manches, das sie hätte im Gedächtnis behalten sollen, und obgleich sie manchmal über den guten hingerichteten König weinte, und über Marie Antoinette seufzte, so dachte sie doch mehr daran, wie sie es selbst ein wenig bequem haben möchte. Sie hatte sehr wenig Geld mitgebracht, aber verschiedene Kleider. Dazu auch ihr Gebetbuch und einigen Schmuck, den sie gern anlegte. Aber im Gebetbuch las sie nur, wenn sie wußte, daß der Bischof kommen würde. Dann puderte sie ihr Haar, trug schwarze Spitzen darüber, legte ein seidnes Kleid an und klebte sich einige Pflästerchen ins Gesicht. Sie war dann wirklich noch sehr stattlich, und der Bischof küßte ihr die Hand und machte ihr eine schöne Redensart. Sie erwiderte mit einem frommen Spruch, dann lächelten sie beide und sprachen von anderen Dingen. Von Frankreich, von Paris, und daß sie beide hofften, noch einmal wieder hinzukommen. Sie lasen Briefe und erzählten, wer nun unter dem Fallbeil gestorben war. Manchmal waren sie betrübt, manchmal aber meinten sie, er oder sie habe ihr Schicksal verdient. Es war wohl anregend, ihnen zuzuhören, der Bischof war wirklich ein guter, alter Herr, der auch versuchte, seinen Landsleuten zu helfen. Aber wenn sie beide in der richtigen Stimmung waren, dann schalten sie über unsere Stadt und ihre Bewohner. Sie nannten sie schwerfällig und langweilig: ungebildet und habgierig. Ich habe mich oft geärgert, und hätte gern an Madame Schleppegrell von diesen Reden berichtet. Aber es ist ja so dumm, daß wir, die sogenannten Gebrauchsmöbel, keine Sprache haben. Wenigstens keine, die die Menschen verstehen. Denn sie haben schlechte Ohren und hören nur grobe Laute.

Madame Schleppegrell war geschmeichelt, eine so vornehme Dame im Hause zu haben. Von jeher hatte sie eine Vorliebe für stolze Namen, und der Name der Herzogin war großartig genug. Ihre Miete bezahlte sie nicht, und über das Essen schalt sie. Sie war gewohnt, sehr feine Gerichte zu speisen, wenigstens in Paris. In dem Keller lebte sie von Kohl und Rüben: aber das war lange vergessen. Sie und der Bischof seufzten nach den Speisen des königlichen Hofes und nach den feinen Weinen. Der Bischof hatte einen Neffen mitgebracht, der einen Handel mit französischem Wein begann. Von dem bezog der alte Herr hin und wieder einige Flaschen, brachte sie mit, und die beiden alten Herrschaften tranken sie in aller Stille aus. Sie wurden dann vergnügt und sangen Lieder, die ich nicht verstand, über die sie aber sehr lachten, weil sie an ihre Jugend dachten. Manchmal sagten sie, daß sie glaubten, im Traumland zu leben, und daß sicher noch einmal ein angenehmes Erwachen kommen würde. Gelegentlich kamen noch mehr Franzosen zu der Herzogin und berichteten ihr die letzten Neuigkeiten. Sie hörte sie gern, aber sie war nicht immer freundlich gegen ihre Überbringer. Besonders nicht gegen die, die nicht sehr vornehm waren. Sie sagte, man dürfe auch in der Verbannung nie vergessen, was man seinem Stande schuldig wäre. Von der allgemeinen Menschenliebe, wie sie damals gebräuchlich wurde, wollte sie nie viel wissen. Der Bischof war milder gesonnen: und sein Neffe, der Vicomte, nannte ihn einen Jakobiner. Das war der, der mit Weinen handelte und sich Hareng nannte. Das heißt Hering auf Deutsch, und er sagte, der Hering wäre gerade gut genug für seinen Flaschenhandel. Seinen wirklichen Namen weiß ich nicht: aber ich konnte Louis gut leiden. Wenn er auch manchmal unausstehlich hochmütig war, und gegen die dummen Deutschen wetterte. Aber das sagte er nur, wenn er mit der Herzogin allein war; dann lachte sie und nannte ihn einen Taugenichts; wenn er aber Madame Schleppegrell auf der Treppe begegnete, dann machte er seine schönste Verbeugung und seine freundlichsten Augen. Dieser Vicomte war ein sehr hübscher Mann und immer sehr gut gekleidet. Der Handel mit Flaschenweinen warf doch wohl allerlei ab, und der Herr Louis verstand es, sein Geld zusammenzuhalten. »Er ist der geborene Kaufmann!« sagte sein Onkel von ihm, und die Herzogin schüttelte den Kopf.

Ein Edelgeborener dürfte sich nicht so sehr um das häßliche Geld bekümmern, sagte sie, und zählte doch jeden Abend ihre Goldstücke und silbernen Speziestaler, und rechnete und dachte schwer nach. Denn sie kannte Herrn Wolf, von der Firma Wolf und Steinheim, und dieser hatte über England Geld für sie in Empfang genommen, das ein treuer Pächter ihr schickte. Das aber durfte der Bischof nicht wissen, und auch nicht der Herr Louis. Beide waren der Meinung, daß die Herzogin noch eben so arm wäre wie an dem Tag, als sie recht erbärmlich von Harburg nach Altona kam. Damals hatte sie aber nach einige Diamanten in ihren Schuhen versteckt, und dazu kam das Geld von dem getreuen Beamten. Herr Melchior Wolf überbrachte ihr diese gute Nachricht, und die Herzogin war freudig gestimmt und sehr gnädig.

»Sie sind ein braver Mann, Monsieur Wolf!« sagte sie und reichte ihm ihre Hand. »Die Deutschen sind ehrliche Leute, ich habe es nicht geglaubt; weil bei uns in Frankreich so viel Unehrlichkeit ist. Und nicht wahr, sie sprechen mit niemandem darüber? Wenn Sie mir anständige Zinsen versprechen können, dann werde ich Ihnen das Geld lassen! Aber, Verschwiegenheit!« Herr Melchior verbeugte sich schweigend, und mit etwas verwundertem Gesicht. Er hatte große, schwarze Augen und eine gelbliche Gesichtsfarbe. Eigentlich hätte man ihn für einen Franzosen halten können, und deswegen mochte ihn die Herzogin schon gern. Außerdem war er in Paris gewesen und sprach ein glattes Französisch, das ihr gleichfalls gefiel. So konnte sie also mit ihm über ihr kleines Vermögen reden und sich gelegentlich Geld von ihm geben lassen, das sie vorsichtig versteckte. Herr Louis sollte keinesfalls dahinter kommen. Mir gefiel der Melchior sehr gut. Er saß so ernsthaft und ruhig auf mir: nicht wie die zappeligen Franzosen. Ich konnte das kleine Riekchen nicht begreifen, das ihm immer aus dem Wege ging. Sie war die Nichte von Madame Schleppegrell und weilte zu längerem Besuch bei ihr. Damals kam man noch zu längerem Besuch zu seinen Verwandten, besonders wenn man ein junges Mädchen war. Dann lernte man die Hauswirtschaft, kochen und nähen, scheuern und bügeln, und wenn man später keinen Mann kriegte, dann wurde man eine gute Tante. Eine, die überall half, wo es Krankheit gab und wo Kinder geboren wurden. So eine Tante war ein nützlicher Gegenstand, solange sie selbst in guten Jahren und gesund war. Wenn das Alter zu ihr kam und sie nicht mehr helfen konnte, wurde sie oft vergessen und starb in der Einsamkeit. Gerade wie auch wir guten Möbel manchmal vergessen werden, und es auch bei echtem Mahagoni vorkommt, daß es in den Ofen gesteckt wird, wo es bei vorsichtiger Behandlung noch lange ein Zimmerschmuck sein könnte!«

Der Stuhl schwieg, und die Laute seufzte von neuem.

»Auch ich gehöre zu den Vergessenen. Die Glut des Feuers wäre nicht so bitter, wie die Gleichgültigkeit der Menschen!«

»Meinst du?« Der Stuhl knisterte behaglich. »Du hast es sonst doch gut, und ich bin's auch zufrieden, in dies Zimmer gekommen zu sein, wo ich den Himmel sehe, die Bäume rauschen höre, und der Mond mich bescheint. Es ist mir nicht immer gut gegangen, wenn ich auch nicht aus dieser Stadt herauskam. Auch in der Heimat können einem die Menschen weh tun.

Der Mond warf ihm einen hellen Strahl zu.

»Laß das Philosophieren und berichte weiter. Der Melchior fällt mir nämlich gerade ein, und auch das Riekchen. Habe ich nicht gesehen, daß der Melchior bei meinem Licht einen Liebesbrief schrieb, der an das Riekchen gerichtet war?«

»Ganz recht: sie hat ihn auch erhalten, und ihn, auf mir sitzend, gelesen. Denn die Herzogin war gerade krank, und sie mußte im Wohnzimmer wachen, damit sie der alten Dame süßen Tee geben könnte, wenn sie danach verlangte. Aber, da die Kranke meistens schlief und im ganzen recht wenig krank war, so hatte Riekchen Zeit, ihren eigenen Gedanken nachzuhängen, und beim Schein des Nachtlichtes diesen Brief von Herrn Melchior zu lesen. Sie lächelte ein wenig vor sich hin, als sie die vielen Liebesworte las, und lehnte sich dann fest an mich. Dabei sah sie in das kleine Licht der Öllampe und dachte an mancherlei Dinge. Ich konnte es ihrem Gesicht ansehen. Es war ein liebes, blondes Gesicht, wie die Töchter unseres Landes es haben. Frische Farben, goldene Haare, blaue Augen, und über dem roten Munde eine kecke kleine Nase. Dabei eine zierliche Figur, und ebensolche Kleidung. Ein dunkles Zitzkleid mit weißer Schürze; ein weißes Häubchen, und darunter die blonden Haare. Ich konnte es dem Melchior Wolf nicht verdenken, daß er das Mädchen zu seiner Frau machen wollte. Das Riekchen wäre auch wohl gern mit ihm in sein behagliches Haus gegangen, wenn nicht der Herr Louis gewesen wäre. Dieser französische Graf mit den seinen Reden, dem vornehmen Auftreten, den schöngepflegten Händen und den blitzenden Augen. Gerade, als die Herzogin das Bett hüten mußte, kam er häufig in ihre Wohnung und fragte nach dem Befinden. Und Riekchen gab ihm meistens Bescheid. Zwar rief, wenn sie wach war, auch die Herzogin nach ihm, aber er blieb nur einen Augenblick an ihrem Bett sitzen, küßte ihr die Hand und erklärte, vor Geschäften ersticken zu müssen. Aber wenn er Abschied genommen hatte, zog er mich vor die Tür auf den kleinen dunklen Vorplatz, setzte sich auf mich und wartete, bis Riekchen die Treppe hinauf kam. Dann umfing er sie, küßte ihre Hand und flüsterte allerlei närrisches Zeug, das die Leute immer auf Vorrat haben, wenn sie verliebt sind. Und Riekchen, die zuerst nicht alles verstand, was der Franzose sagte, lernte bald ein sehr gutes Französisch, und antwortete ihm erst zagend, dann immer freundschaftlicher. Der französische Graf flüsterte ihr vieles zu. Daß sein Geschäft sehr gut gehe, und er höchst notwendig eine kleine Frau gebrauche. Es müßten natürlich noch einige Wochen vergehen, und seine Frau Tante dürfte nichts davon merken. Sie wäre so adelsstolz und würde eine bürgerliche Nichte nicht als solche anerkennen, und er wollte sie nicht erzürnen.

»Werden Sie denn auch in unserer Stadt bleiben?« Riekchen fragte es zaghaft, und er lächelte sie an.

»Aber selbstverständlich, mein teures Leben! Könnte ich anderswo atmen als dort, da Ihre Heimat ist? Was ist mir Frankreich? Ein häßlicher Traum voll Blut und Schrecken. Hier in dieser idyllischen Ruhe werde ich mein Glück an Ihrer Seite finden!«

So schwatzte er, und Riekchen traten vor Glück die Tränen in die Augen. War sie doch eine sentimentale Deutsche, die die Liebe ernst und als etwas Heiliges betrachtete, während ich den Herrn Louis schon oft über die dummen deutschen Gänse, die alles ernsthaft nahmen, lachen hörte. Aber was vermochte ich gegen diese zierlichen Reden? Ich mußte stumm bleiben, und es auch ertragen, daß der Franzose mich die Treppe hinunter und in den Garten trug. Der lag hinter unserem Hause, und war so voll von Bäumen und Blüten, daß man sehr heimlich darin sitzen konnte. Es stand, unter Pfeifenkraut, eine kleine Bank, und auf der saß manchmal Madame Schleppegrell, wenn sie sich der frischen Luft erfreuen wollte, aber diese stand so, daß die Sonne auf ihr liegen konnte, und auch die Strahlen deines Lichtes, guter Mond. Das war also nichts für den Franzosen, und außerdem war ihm die Bank zu hart. Ich hatte ein schönes, handgesticktes Polster, und war so breit, daß ein paar dünne Menschen auf mir Platz fanden. Da mußte ich also manchmal in den Büschen stehen, und die zwei horchten auf den Gesang der Nachtigall. Denn es war damals gerade ein später Frühling gekommen, der die Stadt sehr hübsch machte. Gab es doch überall Gärten hinter den Häusern, Lauben darin, viele, viele Vogelstimmen. Sogar die Herzogin, die sonst nichts lobte, war einigermaßen mit der Nachtigall zufrieden, obgleich sie natürlich sagte, daß diese Vögel in Frankreich viel schönere Stimmen hätten als die deutschen. Die Herzogin war nämlich wieder gesund geworden und recht unternehmend. Auf die Straße mochte sie nicht gehen, weil sie fürchtete, Menschen zu begegnen, die sie nicht zu grüßen wünschte, aber vom Garten nahm sie vollständig Besitz, ließ auf die Bank ein paar Kissen von Madame Schleppegrell holen, und wunderte sich nur, wenn sie diese selbst im Garten fand. Sie wies sie nicht gerade hinaus, aber sie sah sie starr an, und sprach davon, daß es unangenehm wäre, immer gestört zu werden. Madame Schleppegrell verstand sie gottlob nicht. Die konnte wenig Französisch, und die Herzogin kein Deutsch. So vertrugen sich die beiden ganz gut: nur, wenn Madame Schleppegrell jedes Vierteljahr Riekchen schickte, um nach der Miete zu fragen, dann wunderte sie sich, wenn Riekchen immer mit leeren Händen wiederkehrte und berichtete, die Frau Herzogin wollte demnächst mit dem Bischof zusammen über diesen Fall nachdenken. Herzoginnen befaßten sich meistens nicht mit diesen für sie überflüssigen Angelegenheiten.«

»Vornehme Leute haben ihre Haushofmeister, die ihnen alles besorgen!« warf die Laute ein, und der Stuhl knisterte, daß es wie Lachen klang. »Der Haushofmeister der Frau Herzogin war aber nicht mit in die Verbannung gegangen. Der saß irgendwo in Paris, und sorgte dafür, daß den Herrschaften, vor denen er ehemals gedienert hatte, der Kopf abgeschlagen wurde. Von ihm wurde gelegentlich bei der Herzogin geredet, und er immer wieder verwünscht. Der Bischof sagte dann wohl, man müßte seinen Feinden verzeihen, aber von Herzen kam ihm diese Lehre nicht. Jedenfalls mußte die Herzogin jetzt ohne Haushofmeister fertig werden, und ich habe schon berichtet, daß sie gern Geld einnahm, es aber ungern ausgab. Madame Schleppegrell wartete geduldig auf die Zahlung ihrer Miete, und Riekchen mochte natürlich noch weniger von ihr sprechen: sie dachte nur an den Herrn Louis, und daß sie mit ihm glücklich werden wollte. Wie gesagt, im Garten habe ich manches Liebeswort gehört, und muß gestehen, daß es nicht übel klang. Es gibt böse und gute Menschen, aber die Liebe wirft einen goldenen Schleier über alle Fehler. Wenn der Herr Louis die Hand von Riekchen an seine Lippen zog, und sie dabei feurig und schmachtend ansah, dann glaubte ich selbst, daß er seine Versprechungen halten würde.

Aber einmal, lieber Mond, du warest noch nicht aufgegangen, der Himmel war blaßblau, wie er manchmal im Sommer ist, die Vögel sangen noch und der ganze Garten war voll Duft und Sommerlust, da holte mich Herr Louis wieder aus dem Zimmer der Herzogin ins dichte dunkle Gebüsch, und bald kam Riekchen und ließ sich von dem Franzosen einige Worte ins Ohr sagen, die ich leider nicht verstand. Sie schien sehr damit einverstanden, jedenfalls sagte sie, daß die Welt noch nie so schön gewesen wäre, wie gerade jetzt. Die Menschen sprechen ja solche Dinge; später hörte ich sie noch öfters, aber damals war ich selbst noch unerfahren, und ich freute mich über das kleine Riekchen und hoffte, daß der Herr Louis diesmal wirklich im Ernst wäre. Gerade wie diese Gedanken in mir entstehen, flammt ein Licht auf, und vor uns steht die Herzogin. Sie hat eine kleine Laterne in der Hand, die ihren Schein gerade auf Riekchen und den Franzosen wirft. Die Zwei fahren auseinander, und die Herzogin lacht. Sie scheint nicht gerade sehr überrascht. Sie sagt nur:

›Aber Louis, machst du wieder dumme Streiche?‹

Dann wendet sie sich an Riekchen.

›Liebe kleine Demoiselle, wie hübsch von Ihnen, daß Sie meinem Neffen so artig die Zeit vertreiben! Ich bin Ihnen dafür sehr dankbar! Da er sich doch naturgemäß nach seiner Braut sehnt, die er in Frankreich zurücklassen mußte, sie aber hoffentlich bald heiraten wird, wenn all dieser Unfug mit der Republik und den Jakobinern wieder verflogen sein wird. Seine Braut ist die Marquise von Aubigny aus sehr altem Geschlecht, und von großem Reichtum, so wie er beschaffen ist, muß er auch reich und vornehm heiraten. Eine andere Frau würde ihm nicht genügen!‹

›Meine liebe Tante –‹ der Herr Louis will seine Tante schon lange unterbrechen, aber sie erhebt ihre Stimme immer mehr, und er muß schweigen. Auch Riekchen steht regungslos, gerade als wäre sie von Holz, wie ich. Dann aber geht sie wortlos durch den dunklen Garten und die Herzogin setzt sich auf mich, den leeren Stuhl. Denn Herr Louis hat sich lange erhoben.

›Liebe Tante –‹ wieder will der Graf sprechen, und wieder fällt sie ihm ins Wort.

›Ich weiß, was du sagen willst, mein Lieber! Nämlich, daß du keine reiche Braut in Frankreich hast, und daß es abscheulich von mir ist, deine süße Schäferstunde zu stören. Aber ich halte etwas von der Kleinen. Sie ist zwar nur eine Deutsche, aber das sind gewissermaßen auch menschliche Wesen. Als ich krank war, hat sie gut für mich gesorgt, besser als die alte Hexe Ninette, die nicht mit mir aus Frankreich fliehen wollte, obgleich sie seit dreißig Jahren meine Kammerfrau war und viele Wohltaten von mir empfing. Ich hoffe, daß der Herr von Paris, der liebenswürdige Henker, ihr noch einmal den Kopf abschlagen wird, wenn auch Ninette die vornehme Gesellschaft, in der sie zum Schafott fahren wird, kaum verdient. Aber der Teufel wird ihr schon einen Platz in seiner untersten Halle anweisen, wohin die aus guter Familie sicher nicht kommen!‹

›Liebe Tante!‹ Graf Louis steht noch immer vor der Herzogin und verhehlt nicht seine üble Laune. ›Diese Geschichte hat wenig mit dem kleinen Mädchen zu tun, an der ich einen guten Zeitvertrieb hatte!‹

Die alte Dame hob die Laterne und betrachtete sie aufmerksam.

›Siehst du diese Laterne? Sie stammt von der schönen Königin Marie Antoinette, die sie mir einst als Geschenk gab. Ich sollte mit ihr in den dunklen Hecken von Versailles wandeln. Ich hab's getan, aber damals war sie mir nicht so nützlich wie in den unterirdischen Kellern Nordfrankreichs. Und nun leuchtet sie mir in einem Bürgergarten der Stadt Altona, von deren Vorhandensein meine Seele ehemals nichts ahnte. So haben die kleinen leblosen Sachen ihre Schicksale, wie die Menschen. Sie klagen nicht, und auch ich unterlasse das Klagen, wenn ich mich auch oft hier sehr fremd fühle. Man muß sein Schicksal mit Gelassenheit tragen und darf den Allmächtigen nicht beleidigen. Er hat mich vor der Guillotine gerettet und dich auch, mein lieber Louis. Denn wir zwei sind recht knapp dieser raubgierigen Maschine entkommen. Dafür wollen wir Gott Dank sagen und ihn durch gute Werke veranlassen, daß er seine Huld nicht von uns wendet. Wenn du aber dem kleinen Riekchen das Herz gebrochen hättest, würde Gott ein Recht haben, dir zu zürnen. Gott sei davor, daß du sie heiratest. Das würdest du auch deinem Stammbaum zuliebe nicht tun, nicht wahr?‹

›Ich denke nicht an Heiraten!‹ ruft Graf Louis. ›Aber in diesem verwünschten Lande bedarf man einer Auffrischung. Auch Sie, liebe Tante, haben Ihren Bischof!‹

›Aber wir küssen uns nicht und sitzen nicht auf einem Stuhl? erwidert die Herzogin streng und wundert sich, daß ihr Neffe laut lacht. Aber er erwidert nichts, küßt ihr die Hand und geleitet sie samt ihrer Laterne aus dem dunklen Garten. Kein Mensch dachte an mich – ich blieb im Gebüsch stehen und war vergessen. Die Nachtigallen sangen und der Flieder duftete, nachher aber kam der Regen und durchnäßte mich, daß ich sehr verdrießlich wurde. Mein Mahagoni konnte wohl die Nässe vertragen, aber mein Überzug, von Frau Schleppegrell selbst gearbeitet, war nicht an Regen gewöhnt. Wir sind ja hilflos dem Eigenwillen der Menschen ausgesetzt. Gottlob kann ich schlafen, wo ich soll; erst, als es Tag war, erwachte ich wieder und begann heftig zu frieren. Aber da stand schon das kleine Riekchen vor mir und trug mich schnell ins Haus. Es war noch früh am Tage und das Haus still und leer. Riekchen nahm mich in die Küche, rieb mich ab und suchte meinen Überzug zu trocknen, indem sie ihn von mir lostrennte und über die warme Herdflamme hing. Wahrlich, sie gab sich Mühe und ich hätte ihr gern ein freundliches Wort gesagt. Sah ich doch, wie blaß sie war und ihre Augen rot verweint. Die ganze Nacht hatte sie sicher nicht geschlafen und an den gedacht, der, sie wie ein Spielzeug behandelte.

Wenn ich hätte reden können! Dann würde ich ihr von der Unterredung der Herzogin mit ihrem Neffen berichtet und ihr vorgestellt haben, daß sie nicht zwischen diese gewissenlosen Franzosen paßte, wenn ich auch zugeben mußte, daß die Herzogin es nicht gerade schlecht mit der Kleinen meinte. Aber sie war doch hart mit ihr, anstatt sie sanft auf die große Enttäuschung vorzubereiten, die ihr bevorstand.«

»Große Ärzte machen immer einen tiefen Schnitt und helfen dadurch dem Kranken!« warf die Laute ein.

»Du magst recht haben, liebe Laute. Aber die großen Ärzte können auch nicht den Tod bannen, der oft nach glücklicher Operation eintritt!«

»Das kleine Riekchen ist nicht gestorben!« sagte die Laute trotzig.

»Weißt du, ob nicht irgend etwas in ihr entzweigebrochen ist? Du hast zersprungene Saiten, liebe Laute, und einen Riß in deinem Schalldeckel, der deinen Ton matt und brüchig macht. Du bist auch nicht an dem Riß gestorben, aber du hast dich doch recht verändert.«

»Zankt euch nicht!« ermahnte der Mond. Sein Licht war immer weißer geworden und füllte das Zimmer. An einigen Stellen lagen die Schatten und in ihnen stiegen einige Gestalten auf. Aber nur der Mond sah sie, weil er eben der Mond ist. Der Stuhl stand gerade aufgerichtet und träumte vor sich hin.

»Wie sollte ich mich mit einer kleinen Laute zanken,« sagte er verächtlich. »Die hat ihr halbes Leben hinter einem Himmelbett gehangen und nichts mehr von der Welt gesehen. Nur, als die alte Herzogin starb, ist sie wieder für einige Zeit zum Vorschein gekommen, aber dann gleich wieder in Ruhestellung. Ich habe ja alles mit erlebt. Sie starb ganz plötzlich, die alte Dame, nachdem sie noch den Abend vorher mit dem Bischof mehrere Flaschen Rotwein getrunken und dazu gesungen hatte. Aber es war ein schöner Tod, wie ihre Landsleute sagten, und sie erhielt in der Kirche an der kleinen Freiheit ein sehr anständiges Begräbnis. Dann kam der Gerichtsbeamte und ihr Nachlaß wurde untersucht. Irgendein Marquis tauchte auf, der ihr Haupterbe sein wollte; er und Graf Louis zankten sich derart, daß der Beamte dazwischenfahren und sie zur Ruhe verweisen mußte. Aber er konnte doch nicht verhindern, daß Graf Louis einen Stuhl nahm und diesen dem Marquis an den Kopf warf. Dieser Stuhl war ich, und ich hütete mich wohl, den Marquis zu treffen, von dem ich gar nichts Böses wußte, außer daß er eben ein Franzose und natürlich leichtfertig war. Aber ich machte eine verkehrte Bewegung und anstatt gegen die Wand, flog ich aus dem offen stehenden Fenster auf die Straße und fast dem Melchior Wolf auf den Kopf, der sich mit allerlei Papieren zu dem Nachlaß der Herzogin begeben wollte. Leider hatte ich die Herrschaft über meine Glieder verloren und fiel so schwer auf die Straße, daß mir ein Bein abflog. Es tat natürlich weh und ich krachte vor Schmerz. Da hob Melchior mich vorsichtig auf, nahm mein abgefallenes Bein und brachte mich zu Madame Schleppegrell, die mich kopfschüttelnd in Empfang nahm. Dabei sagte sie einige unfreundliche Worte über die Franzosen, die mit fremdem Gut leichtfertig umgehen und nicht einmal dankbar sind. Auch rief sie nach Mamsell Riekchen, die mich gleich wieder abbürsten und in Ordnung machen sollte. Sie erschien sofort und Herr Wolf bemühte sich redlich, ihr zu helfen. Mamsell Riekchen war sehr ernsthaft und sehr blaß, aber die guten Augen von Herrn Melchior sahen sie so liebevoll an und er sprach so viele und so liebe Worte, daß sie allmählich freundlicher wurde und einmal sogar lächelte. Leider wurde jetzt Leim gekocht, um mein Bein wieder zu heilen und ich kam in eine Art Krankenstube, die auf dem Boden war. Ganz dunkel war es und sehr still: ich bin sehr fest eingeschlafen und weiß nicht, wie lange ich warten mußte, bis ich wieder in Gebrauch genommen wurde. Ich fürchte, daß man mich vergessen hat. Jedenfalls war ich mit Staub bedeckt, als eine Hand mich aus altem Gerümpel hervorzog.

›Dieser Stuhl ist ja noch sehr gut erhalten!‹ sagte eine fremde Stimme, und dann fiel ein heller Sonnenstrahl auf mich. Ich war wirklich staubig und häßlich geworden. Aber mein Bein war wieder bombenfest angewachsen, und wenn man mich nur wieder reinigte, konnte ich überall bestehen.

›Vielleicht wollen Sie diesen Stuhl verschenken! Madame Wolf!‹ sagte dieselbe Stimme wieder, die, wie ich jetzt sah, einer häßlichen kleinen Frau gehörte. Sie trug eine große Schürze, gehörte offenbar zu den Leuten, die die Häuser auf den Kopf stellen und uns Mobilien mit Rotwein und Öl zu Leibe gehen, bis wir fast krank werden vor Angegriffenheit. Und geschenkt wollen diese Frauen auch alles haben: ich konnte ihrem Gesicht ansehen, daß sie Gier nach meinem Besitz empfand.

Aber ein sanftes Gesicht beugte sich über mich, strich leise über meinen fleckigen Überzug und erwiderte ruhig, daß dieser Stuhl sehr gut sei und im Wohngemach stehen sollte.

Mamsell Riekchen hatte sich als Madame Wolf etwas verändert. Sie war nicht mehr so schlank und sie trug eine große Haube, durch die man damals anzeigte, daß man in die Gilde der Verheirateten aufgenommen war. Aber ihre Augen waren noch ebenso blau wie ehemals, und ihr Lächeln recht nachdenklich geworden. So mußte Frau Hansen, die Scheuerfrau, mich bearbeiten, daß ich fast bewußtlos wurde, und dann stand ich in einem Gemach, darin die Sonne schien, und Herr Melchior Wolf betrachtete mich zufrieden.

›Er ist wieder frisch geworden, der alte Kerl!‹ sagte er. ›Und macht eine so unschuldsvolle Miene, als hätte er mir einstmals nicht nach dem Leben getrachtet!‹

›Von selbst ist er aber nicht aus dem Fenster geworfen!‹ erwiderte seine Frau, und Herr Michael streichelte mich von neuem.

›Das weiß ich wohl, ich bin dem Stuhl ja auch nur dankbar. Denn ohne ihn hätte ich niemals gewagt, noch einmal mit dir zu sprechen, da du mir bis dahin jedesmal, so oft ich es versuchte, einen Abschlag gabest. Manchmal habe ich gefürchtet, du hättest dein Herz an einen jener windigen Franzosen gehängt, die damals unsere Stadt unsicher machten, und war sehr dankbar, daß diese Annahme sich als ein Irrtum herausstellte!‹

Er umfaßte seine Frau und sie lächelte mit sehr ernsthaften Augen. Aber als dann einige Kinder gesprungen kamen, wurde sie wieder freundlich. Ich meine aber doch, daß Madame Wolf sich freute, daß ich nicht in ihrer Sprache reden konnte. Allerdings, ich würde niemals etwas verraten haben!«

Der Mond lächelte, daß das ganze Zimmer mit lachte.

»Mein Lieber,« sagte er. »Rühme dich nicht mit deiner Schweigsamkeit. Denke an mich: was ich alles sah und hörte, seit vielen tausend Jahren! Wenn ich alles verraten wollte, du liebe Zeit! Die Welt wäre schon lange zugrunde gegangen und ihr, die hier herumsteht und alle etwas erlebt habt, ihr wäret im Weltenraum verschwunden, wie diese ganze Erde. Ich entsinne mich übrigens der Madame Riekchen Wolf sehr wohl. Sie war eine stattliche Frau geworden und ihr Ehemann hatte allen Grund, stolz auf sie zu sein. Ganz oft bin ich ihr nicht begegnet, weil sie viel im Haus und mit ihren Kindern zu tun hatte: es ist mir auch manchmal so gewesen, als scheute sie mein Licht. Einige Menschen geben mir ja die Schuld, wenn irgend etwas geschehen ist, wovon ich ein unfreiwilliger Zeuge war, und es ist immerhin möglich, daß das kleine Riekchen sich einmal von dem leichtfertigen Franzosen in meiner Gegenwart küssen ließ. Ich weiß mich dessen aber nicht zu erinnern. Damals mußte ich manche Torheit ansehen und möchte sie lieber vergessen, als noch an alte Geschichten denken. Einmal indessen habe ich Madame Riekchen Wolf doch sehr lange an der Elbe gesehen. Dort stand, unweit des Ufers, ein schönes altes Haus, und viele Gäste gingen darin aus und ein. Gäste aus aller Herren Länder: Franzosen, Engländer, Deutsche, wie es gerade kam. Mit Freundlichkeit wurde alles aufgenommen und der Gesang von dem guten alten Claudius, ›Guter Mond, du gehst so stille!‹ ist oft zu meinen Ehren angestimmt worden. Und einmal war auch Madame Wolf unter denen, die ernsthaft und doch bewegt zu mir aufblickten, und neben ihr stand ein geschniegelter Herr: Es war der Franzose, der sich einstmals Hareng nannte und bei seinen Landsleuten Graf Louis hieß. Er sprach eifrig auf Madame Wolf ein, legte die Hand aufs Herz und berichtete, wie es ihm ergangen war. Er hatte nach Frankreich zurückkehren dürfen und bekleidete jetzt ein großes Amt unter dem Kaiser Napoleon. Und er hatte sich nach Hamburg versetzen lassen, in dem Wunsch, noch einmal mit der reizenden Frau zusammenzutreffen, die einstmals Demoiselle Riekchen hieß, und der er viele und schöne Stunden verdankte, bis die ungeschickte alte Tante diesem angenehmen Verhältnis ein trauriges Ende bereitete. Der Graf konnte gut sprechen, und Riekchen hörte ihm aufmerksam zu. Aber als er nun geendet hatte und sie leise mit sich auf einen Platz ziehen wollte, auf dem es ganz dunkel war und mein Licht nicht hindringen konnte, da richtete sich Madame Wolf auf:

›Wir wollen hier im Scheine des Mondes und bei der anderen Gesellschaft bleiben, Herr Graf! Ich suche außerdem meinen Gemahl, mit dem ich dies Fest verlassen möchte, da ich noch ein ganz kleines Kind habe, das gewartet sein will. Die größeren Geschwister sorgen zwar dafür, aber das Auge der Mutter muß doch überall sein!‹

Sie wandte sich vom Grafen, der stehen blieb und nachher leise einen Fluch ausstieß. Er war, wie ich wußte, an billige Siege gewöhnt und konnte es nicht begreifen, daß es in dem langweiligen und unkultivierten Deutschland wirkliche Mütter gab.«

Der Mond schwieg, und der Stuhl begann wieder zu sprechen.

»Natürlich, lieber Mond, du weißt tausendmal mehr als ich; dagegen zu streiten wäre vermessen. Die Geschichte mit Madame Riekchen ist sicherlich so gewesen, wie du es dir denkst: und sie hat ganz gewiß dem leichtfertigen Franzosen keinen Gedanken mehr geschenkt. Leider ist sie mit ihrem Gemahl sehr bald aufs Land verzogen, und ich kann nicht sagen, was aus ihr geworden ist. Sie hat mich und verschiedene andere Genossen nicht mitgenommen, da sie meinte, keinen Platz für uns zu haben. Wir sind auf eine Auktion gekommen, und ich bin hinterher lange bei einem Schuster gewesen, und habe in seinem kleinen Laden gestanden. Große und kleine Menschen sind gekommen, um auf mir zu sitzen, weil sie sich Maß für Stiefel und Schuhe nehmen ließen, und von diesem Leben könnte ich manches berichten. Aber wenn man in dem Zimmer einer wirklichen Herzogin gestanden hat, dann wird man verwöhnt, ich habe mich nicht sehr viel um die Kunden bekümmert. Und eines Tages bin ich ins Siechenhaus getragen worden. Dort lag eine alte Verwandte des Schusters und war mit ihrem einzigen Stuhl zusammengebrochen, weil er steinalt war und dazu aus Tannenholz. Es war eine lange und langwierige Zeit, die ich durchmachen mußte; wie viele Jahre sie dauerte weiß ich nicht. Viel Seufzen, viel Stöhnen mußte ich hören – bis eine gütige Frau mich einmal betrachtete und mich dann kaufte.

›Es ist altes, sehr gutes Mahagoni!‹ sagte der Tischler von mir. ›Nur den Überzug haben die Motten gefressen!‹

Nun bin ich neu aufgewichst und neu bezogen, und in mir fühle ich, daß ich wieder jung geworden bin. Darum bin ich auch wohl in das Gemach eines jungen Mädchens gebracht. Und wer weiß?« Der Stuhl hielt inne, und der Mond lächelte nachsichtig.

»Wer weiß?« wiederholte er und ließ sein Licht in den Beschlägen eines alten Sekretärs funkeln.

»Hast du denn gar nichts erlebt?« fragte er, und der Angeredete erwiderte nicht gleich etwas. Dann aber begann es leise in seinem Innern zu klingen. »Freut euch des Lebens, solange noch das Lämpchen glüht. Pflücket die Blume, ehe sie verblüht!«

»Aha!« Der Mond lächelte, »du gehörst zu den Schreibtischen, die in sich ein Spielwerk beherbergen. Das war eine Mode von ehemals, als es noch keine Ungeheuer gab, mit großen Schallrohren, und Platten zum drauflegen. Ehemals war man genügsamer, und wenn man einen Brief geschrieben hatte, der sechzehn Seiten und noch länger war, dann ließ man sich eine heitere Melodie vorspielen. Einigen Menschen, die zuhörten, gefiel es, anderen wieder nicht.«

»Meine Herrschaften waren immer sehr mit mir zufrieden!« erwiderte der Sekretär. »Zuerst hatte ich auch keine Spieldose im Leibe, es ist der französische Bischof gewesen, der sie mir einsetzen ließ. Er meinte, wenn er mich spielen hörte, dann vergäße er seine traurigen Gedanken. Eigentlich sollte ich lauter französische Liedchen spielen, aber die waren bei dem Mann, der mich arbeitete, nicht vorrätig: so mußte er sich mit den deutschen begnügen. Der Bischof hatte mich billig gekauft, er hatte auch Geld mitgebracht, und bekam nachher noch etwas, das ihm sein Diener brachte. Dieser Diener hieß Armand und war eine gute Seele. Ich bin nicht sehr für die Franzosen in der Stadt gewesen, weil ich Gelegenheit hatte, sie genau kennen zu lernen, aber dieser Armand war wirklich ein guter Franzose. Denkt euch, er blieb in Frankreich zurück, damit sein Herr unbemerkt fliehen konnte. Das bischöfliche Haus in der französischen Stadt wurde sehr genau bewacht, weil man den Bischof nicht entkommen lassen wollte. Da zog Armand das geistliche Gewand an, ging mit einem Gebetbuch im Garten spazieren, und benahm sich, als wäre er der Bischof. Und da man daran gewöhnt war, den Bischof nur aus der Ferne zu sehen, und wußte, daß er ein zurückgezogenes Leben führte, so ließen die Machthaber der Stadt sich einen ganzen Monat lang täuschen. Der Bischof war schon hier, da erst merkten sie den Betrug. Natürlich wurde Armand jetzt stark mißhandelt und dann ins Gefängnis geworfen. Er sollte mit einer ganzen Anzahl Gefangener nach Paris gebracht und dort enthauptet werden, aber dann gelang ihm doch das Entkommen aus dem Gefängnis, und er brachte noch zwei junge Französinnen mit, die sich ihm angeschlossen hatten. Sie waren aus guter Familie, und ihre Eltern waren beide hingerichtet. Sie sollten gleichfalls bestraft werden, weil sie nach der Ansicht des Tribunals hochverräterische Eltern gehabt hatten, aber dann verzögerte sich der Gerichtsspruch, und die Frau des Gefangenaufsehers, die ehemals Dienerin in einem der vornehmen Häuser gewesen, war, hatte Mitleid mit ihnen. Zu der Zeit gab es ja keinen Gott in Frankreich, wenigstens erklärten die Franzosen, daß sie ihn abgeschafft hätten und nur nach der reinen Vernunft leben wollten. Ob sich der liebe Gott an diese Kinderei kehrte, weiß ich nicht, jedenfalls hatte die Frau des Aufsehers einen bösen Traum, in dem sie von der Hölle und von allen möglichen Strafen träumte, die sie befallen würden, wenn sie nicht versuchte, den armen Opfern der Revolution etwas Gutes zu tun. Da ließ sie in einer dunklen Nacht die beiden Mädchen entfliehen, und weil sie allein wahrscheinlich gleich wieder eingefangen würden, mußte Armand sie begleiten. Denn die Frau wußte, daß er der Diener des Bischofs war, und sie wollte es mit der Geistlichkeit nicht verderben, da sie nicht an die reine Vernunft, sondern an einen Gott glaubte, dessen Stellvertreter doch der Bischof war.

So sind sie nun mit Armand durch einen großen Teil Frankreichs und dann durch Süddeutschland gewandert. Sie hießen Berthe und Marguerite und waren Kusinen. Sie trugen Bauernkleider und Holzschuhe, auch nachher, als sie in Koblenz waren, wo Verwandte von ihnen als Emigranten lebten. Hier hoffte Armand sie den Verwandten übergeben zu können, aber diese erklärten, sie hätten so viel mit sich selbst zu tun, daß sie unmöglich auch noch andere Menschen in ihre Obhut nehmen könnten. Armand hat nachher oft in meiner Gegenwart von den vornehmen Franzosen gesprochen, die sich in Deutschland wohl sein ließen, und nur an sich und ihr eigenes Vergnügen dachten. Sie waren unbarmherzig gegen ihre Landsleute. Wenn es ihnen selbst nur nach Wunsch erging, dann wären sie zufrieden. Das war überhaupt das Traurige bei den französischen Emigranten: sie lernten nichts und vergaßen auch nichts. Sie glaubten immer, sie hätten keine Schuld an den Zuständen in Frankreich, und schalten auf das Volk und die jetzigen Machthaber, ohne zu bedenken, daß sie sich selbst hätten anders benehmen müssen. Ich hörte viel von diesen Dingen reden, denn zum Bischof kamen viele Leute, die sich mit ihm aussprechen wollten. Er empfing sie dann, vor mir sitzend, und machte sich nachher Aufzeichnungen von dem, das er gehört hatte und nicht vergessen wollte. Er war ein guter Mann, und viel verständiger als die meisten seiner Landsleute. Daß er manchmal bei der alten Herzogin ein Glas Wein trank und dann vergnügt wurde, kann ich ihm nicht verdenken. Sonst erlebte er auch nur Trübseliges, und war doch gewöhnt, ein behagliches und sehr angesehenes Leben zu führen. Armand hat wohl der alten Köchin davon berichtet, wenn sie das Zimmer scheuerte oder die Möbel abrieb. Der Diener sprach etwas Deutsch und lernte es immer besser. Wie gesagt, er war ein guter Kerl, und er hat auch weiter für die jungen Mädchen gesorgt, um die der Bischof sich nicht so sehr viel bekümmern konnte, weil er eben von andern Hilfsbedürftigen ganz in Anspruch genommen wurde. Zuerst kamen Berthe und Marguerite häufiger zu uns, aber dann war es meistens Armand, der mit ihnen redete, und der Erlaubnis hatte, sie im Zimmer des Bischofs zu empfangen. Sie hatten herzlich wenig Geld, und nur die Kleider, die sie auf dem Leibe trugen, und mit denen konnten sie eigentlich nicht auftreten. Auch nicht mit ihren Holzpantoffeln, die sehr stark waren, aber nichts für die Stadt, und die vornehmen Emigranten, die sich alle putzten, als wären sie noch bei Hofe, bei dem armen König, der lange schon in der Kalkgrube lag. Armand aber sprach verständig mit den jungen Mädchen.

›Sie wissen, meine Damen, daß Sie hier nur bleiben können, wenn Sie arbeiten wollen. Die andern Herrschaften arbeiten auch: wenigstens viele von ihnen, und wer es nicht tut, wird von der Stadt bald abgeschoben werden. Denn die Stadt hat nicht viel Geld!‹

Berthe gefiel mir am besten. Sie war klein, ziemlich dick, hatte schwarze Haare und blitzende dunkle Augen. Sie rief:

›Ich bin im Kloster erzogen und habe Sticken und kleine Kuchen backen gelernt!‹

Marguerite war schlank, blond und die hochmütigste. Der Bischof hatte schon von ihr gesagt, daß das Leben für sie nicht leicht sein würde.

›Ich glaube, daß ich mich töten werde!‹ erwiderte sie jetzt. ›Herr Armand, ich bin aus guter Familie. Sie werden nicht von mir verlangen, daß ich für diese langweiligen Deutschen arbeiten soll! Lieber sterbe ich. Das Sterben sind wir Aristokraten gewohnt geworden, ich werde es mit Anstand besorgen!‹ Armand machte ein ernstes Gesicht. Er war ein älterer Mann und die Vertrauensperson des Bischofs, da konnte er sich schon ein freies Wort erlauben. ›Solange Gott es beschließt, solange muß jedermann sein Leben festhalten. Gott hat Ihnen das Leben gegeben, er wird es nehmen, wenn die Stunde gekommen ist. Jetzt ist sie noch nicht da: Sie müssen das Kreuz tragen, das Ihnen auferlegt wird!‹

Armand konnte fast schöner als der Bischof sprechen, und Marguerite senkte den Kopf. Aber sie hatte einen eigensinnigen Zug um den Mund, ich glaube, sie würde doch tun, was sie wollte. Berthe dagegen war sehr verständig.

›Gewiß, Herr Armand, wenn Sie glauben, daß ich mir mit meinen kleinen Kenntnissen mein Brot verdienen könnte, werde ich es gleich versuchen; vielleicht helfen mir auch die guten Deutschen, die ich gar nicht so langweilig finde. Ich habe von einer Wirtstochter schon Strümpfe und Schuhe zum Geschenk erhalten: bis jetzt hat mir kein Franzose, Sie ausgenommen, Herr Armand, die geringste Freundlichkeit erwiesen. Nein, ich will mich ganz gewiß nicht töten, der Tod kommt früh genug, und wir haben ihn in Frankreich genugsam kennen gelernt.‹

So sprach sie, war tapfer und wohlgemut, und Armand gab ihr die Hand.

›Sie werden sehen, Mademoiselle, daß ernsthafte Arbeit keinen Menschen schändet!‹

Dann habe ich die zwei jungen Fräulein eine ganze Weile nicht gesehen, und mein Bischof hat auch nicht von ihnen gesprochen. Wenigstens nicht in meiner Gegenwart. Und ich war doch dabei, wenn er die Besuche empfing. Es war eine ganze Reihe von Menschen, darunter auch Deutsche, die sich für den Bischof interessierten, weil er aus einer sehr berühmten und vornehmen Familie Frankreichs stammte. Es ist von manchen Dingen geredet worden: nicht immer konnte ich aufmerken, weil ich vieles nicht verstand, und wenn der Bischof nachher allein war, hat er wohl oft die Spieluhr in meinem Innern aufgezogen und ihren munteren Weisen gelauscht. Da hörte auch ich zu, und versäumte auf das zu achten, das der Bischof vor sich hin sprach. Er hielt viel von seinen Landsleuten und versuchte ihnen zu helfen, wie er nur konnte. Sie hörten ihn wohl an, versprachen alles, was er von ihnen verlangte, auch daß sie arbeiten wollten. Aber wenn er ihnen einiges Geld gegeben hatte, gingen sie weg und zeigten sich erst, wenn sie wieder ohne Mittel waren. Einmal ist auch der Bruder des ermordeten Königs, der Graf von Artois, bei meinem Bischof gewesen. Auch er wollte natürlich Geld, und der Bischof gab es ihm unter vielen Verbeugungen. Dann setzte sich der hohe Herr vor meine Platte, nahm ein Stück Papier und schrieb darauf nicht allein einen Schuldschein, sondern auch das Versprechen, sich des Bischofs und seiner Familie immer in Gnaden zu entsinnen. Dieses Papier habe ich nachher lange in meiner Geheimschieblade gehabt: es ist erst viel später daraus genommen worden, als der Bischof gestorben war und einer seiner Erben mich als Schreibtisch eine Zeitlang benutzte. Was damit geschehen ist, weiß ich nicht. Der Erbe, ein französischer Graf, hat mich dann für ein Spottgeld verkauft. Er war nur nach Norddeutschland gekommen, um nach verschiedenen Menschen zu forschen, die hier gelebt haben sollten, und von denen niemand etwas Ordentliches wußte. Er fand sie auch nicht: So wenigstens habe ich mir von dem alten Lehnstuhl des Bischofs berichten lassen, mit dem ich mich beim Auktionator wiederfand. Es ist merkwürdig; die Menschen, die sich so viel einbilden, und alles wissen wollen, sind ein kurzlebiges Geschlecht: plötzlich sind sie tot, und wir müssen unsere Eigentümer wechseln!« Der Sekretär schwieg, und der Mond lächelte ihm gutmütig zu.

»Du verstehst nicht viel von der göttlichen Weltordnung, obgleich du in so ehrwürdiger Obhut gewesen bist. Dein Bischof hätte einmal verständig mit dir reden sollen, wie er es mit den Menschen tat. Im übrigen war er ein guter Mann, und wenn er wirklich gelegentlich etwas über den Durst trank, so muß man bedenken, daß er aus einem Weinlande stammte, und aus einem Hause, wo man den Vergnügungen sehr ergeben war. Wie denn der französische Hof selbst sehr vergnügungssüchtig war, und manche Stimme der Warnung in den Wind schlug, bis es zu spät war. Die Franzosen haben sich oft ihr Grab selbst gegraben und werden es noch oft tun. Jedenfalls hat der Bischof die Fehler seiner Landsleute klar eingesehen und einigen auf den rechten Weg geholfen. Wenn es nicht viele gewesen sind, dann ist es nicht seine Schuld gewesen.«

»Warum er wohl niemals wieder nach Frankreich zurückgekehrt ist?« fragte der Sekretär, »ich hätte ihm gewünscht, daß er seine Heimat wiedergesehen hätte.«

»Er ist in seiner bescheidenen Wohnung, hier in der Stadt gestorben. Aber vor einigen Jahren hat man seine Gebeine, die in der Krypta der katholischen Kirche standen, nach Frankreich überführt. Es sind die Deutschen, die sich seiner erinnerten: die Franzosen denken nicht gern zurück, und wer tot ist, der bleibt immer tot und ist vergessen. Die Deutschen sind anders geartet; ich aber spende mein Licht den Deutschen wie den Franzosen: Gott hat beide Völker erschaffen und ich muß ihnen dienen.«

Der Mond war ernsthaft geworden: aber dann hielt er mit Sprechen inne und beschien die leeren Augen der kleinen Schäferin. Sie rührten sich ein wenig und dann war es, als hätten sie Pupillen und könnten sehen.

»Ich habe dich nicht vergessen!« sagte der Mond. »Alles zu seiner Zeit, Kleine! Das Durcheinanderreden kann ich nun einmal nicht haben. Aber ich meine, daß du mit Berthe und Marguerite hierher gekommen bist und daß du sie auf ihrem Lebenswege begleitet hast. Ist es nicht so?«

Die Schäferin zitterte ein wenig, dann begann sie mit einer sehr feinen Stimme zu sprechen.

Du irrst dich, Herr Mond. Die beiden jungen Demoisellen haben mich nicht mitgebracht: sie fanden mich in dem alten Stübchen, das sie sich mieteten. Dorthin hatte mich ein Emigrant gebracht, der mich aus den Tuilerien mitnahm und hier billig verkaufte. Marguerite weigerte sich zuerst, ans Arbeiten zu gehen, aber Berthe setzte ihren Willen durch. Sie war fröhlich trotz allen Unglückes, das sie getroffen hatte. Sie meinte, man müßte das Leben anpacken, und daher nahm sie die zwei Zimmerchen zu ebener Erde bei der Witwe Grünau und hängte einen Zettel ins Fenster, darauf zu lesen stand: Hier werden Spitzen gestopft und gewaschen, hier kann man Französisch lernen und hier gibt es jeden Sonnabend frische Kuchen, wie sie am Hofe des Märtyrerkönigs gegessen wurden.‹ Als Marguerite diesen Zettel las, fiel sie fast in Ohnmacht, und als Berthe ihr nicht einmal ein stärkendes Salz unter die Nase hielt, ging sie zwei Tage zu Bett. Dann langweilte sie sich, obgleich ich auf einem Brett über ihrem Bette stand, und schließlich erhob sie sich und begann, unter Berthes Leitung, die kleinen Kuchen zu backen, die nachher frisch und knusperig im Fenster standen und bald verkauft waren. Marguerite zeigte sich selten. Sie hatte einen kleinen Küchenraum, in dem sie buk und auch Spitzen wusch und stopfte, denn sie sah ein, daß, wenn sie nicht verhungern wollte, die Arbeit sie vom Hungertode rettete. Sie war nicht dumm, diese blonde Marguerite: ganz im Gegenteil, sie las in verschiedenen Büchern und sie sprach manchmal laut vor sich hin. Auf diese Weise habe ich viele ihrer Gedanken erfahren. Sie waren oft sehr bitter. Es ist auch nicht leicht, eine verwöhnte Haustochter zu sein und dann plötzlich auf der Landstraße zu stehen und nichts zu haben, als das eigene, oft armselige Leben. Außerdem war Marguerite schon verlobt gewesen, und zwar mit einem jungen Mann, den sie gut kannte und sehr liebte. Er hieß René von Renneton und war noch im Hause von Marguerites Eltern gewesen, ehe diese verhaftet wurden. Und er hatte ihnen feierlich versprochen, sich niemals von seiner Braut zu trennen und gut für sie zu sorgen. Damals aber konnte man wohl solche Versprechungen geben, aber sie selten halten. Marguerite mußte mit ihren Eltern ins Gefängnis wandern und seit der Zeit hörte sie nichts mehr von René. Als sie mit Armand floh, hatte sie keine Zeit zum Fragen. Nun aber dachte sie an ihn, hoffte, ihn vielleicht in Deutschland zu treffen, und als sie ihn nicht fand, mußte sie fürchten, daß auch er der grausigen Guillotine zum Opfer gefallen wäre. Wenn sie allein war, weinte sie oft, rang die Hände und flüsterte seinen Namen. Es war traurig, und wenn ich hätte weinen können, dann würde ich es getan haben. Aber wir Puppen von Porzellan haben keine Tränen, und was wir fühlen, können wir nicht zeigen. Berthe war manchmal grausam. Sie kam oft in Marguerites kleine Küche hinein gelaufen, fragte nach den Kuchen, nach den Spitzen. Brachte neue Arbeit und manchmal ein lustiges Lachen. Die Bürger der guten Stadt Altona waren oft sehr drollig. Sie kauften so viel Kuchen, daß Marguerite auch Mittwochs welche backen mußte, und einige waren unter den Herren, die Französisch zu lernen begehrten. Auch etliche würdevolle Damen erschienen mit Spitzen und mit Dormeusen und wollten sie repariert haben. So konnte Berthe der Madame Grünau bald ihre Miete bezahlen und so viel Lebensmittel kaufen, daß beide Fräulein satt wurden. Auch neue Kleider fertigten sich die Zwei an, und wenn sie dann einmal auf die Straße zur Messe gingen, dann sahen sie zierlich und frisch aus, und mancher von den französischen vornehmen Herren, der zuerst von den armen zwei Mädchen nichts hatte wissen wollen, begrüßte sie jetzt höflich, fragte nach ihrem Wohlergehen und lud sie ein, doch zu den Gesellschaften im Wirtshaus zu erscheinen, wo die Emigranten sich einmal in der

Woche trafen. Beide Mädchen dankten in artigen Worten, versprachen auch zu kommen, taten es aber nicht.

Hier
werden Spitzen
gewaschen und gestopft.

franzöſich erlernt.
Jeden
Sonnabend friſche Kuchen!

›Ich will mir nicht von den Grafen, Herzögen und Marquisen den Kopf verdrehen lassen!‹ sagte Berthe, wenn sie allein mit ihrer Kusine war. ›Sie haben sich in keiner Weise unserer angenommen, als wir hier allein und freundlos eintrafen. Sie waren alle ängstlich, wir könnten ihnen zur Last fallen. Und dann gehören wir ja auch nicht zu dem vornehmsten Adel, wie die meisten dieser Herrschaften. Unsere Väter waren hohe Beamte in einer Provinzstadt. Das bedeutet bei den Herren und Damen, die den König und die Königin kannten, gar nichts. Ihren Hochmut haben sie alle schön mitgebracht, da mögen sie ihn auch weiter behalten. Ich habe lieber mit den Deutschen zu tun, die es ehrlich meinen und die Mitleid mit uns empfinden!‹

›Hoffentlich heiratest du nicht einmal einen Deutschen!‹ sagte Marguerite, die der anderen aufmerksam zuhörte.

›Werde wohl keine Gelegenheit haben. Denn es gibt sehr hübsche Mädchen in Altona und in Hamburg. Die haben ein eigenes Heim und Eltern, und vielleicht auch eine Aussteuer – wir aber sind nichts und bedeuten nichts. Sind fremd hier und müssen ins Armenhaus, wenn wir nicht mehr arbeiten können. Also glaube ich nicht, daß ein Deutscher mich heiratet. Sollte er es aber dennoch wollen und er mir gefallen, dann würde ich nicht nein sagen!‹

Marguerite fuhr auf. ›Berthe, rede keinen Unsinn, auch du warest verlobt, hast du das vergessen?‹

Berthe lachte. ›Mein Kind, der dicke Gerichtsrat, dem mich meine Eltern bestimmten, hat mich noch keine Stunde Schlaf gekostet. Er ist damals, als der Lärm in unserer Stadt begann, gleich geflohen und wird irgendwo in Deutschland ein behagliches Leben führen. Hielte er etwas von mir, würde er sich wohl einmal nach mir umgesehen haben; nein, an diesen guten Mann fühle ich mich nicht gebunden!‹

›Er war aus guter Familie und sehr wohlhabend!‹ warf Marguerite ein.

›Ganz recht, daher meinten meine guten Eltern, daß meine Zukunft sicher wäre, wenn ich diesen Mann heiratete. Die Eltern haben sich getäuscht, niemals war meine Zukunft unsicherer, als in diesen Zeiten. Daher will ich auch nicht der Zukunft, sondern der

Gegenwart leben. Weißt du, Marguerite, wir hatten im Kloster doch einen so süßen Bonbon, er war braun und mit etwas Weißem gefüllt, würdest du ihn wohl bereiten können? Heute war hier ein kleines Fräulein aus Hamburg, die für eine Gesellschaft viele Süßigkeiten, am liebsten französische, haben wollte. Ich versprach ihr, wenn sie morgen wiederkehrte, daß sie mehrere schöne Leckereien bei uns finden sollte!‹

›Ich weiß zwei Rezepte für Bonbons!‹ erwiderte Marguerite, und dann begannen beide eifrig über das Kochen und Zubereiten der Süßigkeit zu reden. Es war gut, daß Marguerite auf diese Art ihren eigenen Gedanken entrissen wurde: sie weinte zwar noch oft um ihren René, der ganz sicher von den schrecklichen Männern der Revolution aufs Schafott geschleppt worden war, aber die Arbeit machte ihr doch ein gewisses Vergnügen. Als das Hamburger Fräulein am nächsten Tage wiederkam und alle Süßigkeiten, die die Kusinen bereitet hatten, mitnahm und in blanken Silbertalern bezahlte, da lächelte Marguerite zum erstenmal und erinnerte sich eines Kochbuches, das ihre Mutter besessen hatte und aus dem sie verschiedene Gerichte auswendig kannte.

Es ging nicht schnell: aber nach einigen Monaten hatten die zwei Fräuleins die Hände voll zu tun. Die Hamburger und Altonaer bestellten bei ihnen die feinen Gerichte und die Süßigkeiten, die sie anfertigen konnten: einige Herren und Damen nahmen französische Stunden, und an Spitzen, die gewaschen und ausgebessert werden sollten, war ebenfalls kein Mangel. Damals war es für Hamburg und Altona eine reiche Zeit, wie ich immer hörte. Die Kaufleute verdienten viel an ihren Waren, und die Emigranten brachten gelegentlich auch Geld mit, das sie natürlich ausgaben. Dann herrschte hier Frieden – das war eine große Sache: da konnten die Menschen an Belustigungen denken, an schöne Kleider und leckere Gerichte. Marguerite war heiterer geworden und weniger störrisch, wie zu Anfang; aber wenn sie abends in ihrem Bett lag und die Hände zum Gebet faltete, dann sprach sie zuerst den Namen von René aus. Er war lange tot: sie aber gedachte seiner in Treuen.

Berthe, die in dem Bett schlief, das hinter dem von Marguerite an der Wand stand, schüttelte dann wohl den Kopf und seufzte. Aber sie war meistens müde und konnte ihre Gedanken nicht mehr recht zusammenfassen. Bald lag sie in tiefem Schlaf, während Marguerite noch lange wachte und den Namen ihres Bräutigams vor sich hinflüsterte.«

Die kleine Schäferin hielt einen Augenblick inne und durch das Zimmer ging ein leises Raunen. Denn sie alle, die hier anscheinend reglos standen, wußten von der Liebe, die die Menschen unwiderstehlich erfaßt: sie alle hatten es erlebt, daß in ihrer Gegenwart junge Menschen von Liebe gesprochen und sich ihre Liebe gezeigt hatten. Die Laute schluchzte sogar ein wenig und eine leise Melodie wehte über ihre Saiten. Wie manches Liebeslied hatte sie begleitet, wie oft hatten zitternde Hände auf ihr gespielt: Hände, die gleich darauf den Geliebten umfaßten!

Selbst der Mond schwieg und ließ eine kleine blasse Wolke über sein helles Angesicht gehen. War es ein Seelchen von ehemals, das einmal wieder auf die Erde kam, um die alten Gefährten seines Lebens aufzusuchen? Aber dann war sie in den Weltenraum geglitten und die Schäferin sprach weiter:

»Ich habe ziemlich lange auf dem Brett gestanden, das über Marguerites Bett angebracht war. Die jungen Damen nahmen mich gelegentlich in die Hand, betrachteten mich und sprachen darüber, wie ich wohl in den Besitz einer so einfachen Frau, wie der Madame Grünau, gelangt wäre. Sie waren nicht zugegen gewesen, als die wilde Volksmenge in das Königsschloß eindrang, alles zerstörte oder raubte. Ich selbst konnte nur mit Schaudern daran denken und war froh, daß jemand mich aus einem Trümmerhaufen auflas und mitnahm. Aber berichten konnte ich nichts, und wenn sie mich abgestaubt und über mich gesprochen hatten, dann dachten sie nicht mehr an mich. Ich hatte sie beide lieb und freute mich, wenn sie sich abends zur Ruhe legten und noch etwas über die Erlebnisse des Tages plauderten. Viel erlebten sie nicht gerade, aber es kamen doch einige Deutsche in ihr kleines Vorderzimmer, um französische Stunden zu nehmen. Meistens waren es junge Kaufleute, die sich in der Unterhaltung vervollkommen wollten. Die Deutschen sind so fleißig. Sie sind stolz, jeden Fremden in seiner Sprache zu begrüßen. Besonders das zierliche Französische machte ihnen Vergnügen, und ich habe manchmal zugehört, wie die jungen Herren sich Mühe gaben, den echten Tonfall der französischen Sprache und ihre zierlichsten Redewendungen herauszubringen. Es war Berthe, die die Schulmeisterin machte. Sie verstand auch am besten mit den Schülern umzugehen, während Marguerite viel zurückhaltender war und auch nicht das Talent zum Unterrichten hatte. Sie saß am liebsten in der kleinen Küche und grübelte über dem Kochbuch, das ihr eine andere ältere Französin geliehen hatte, und das dasselbe war, was ihre Mutter einst besaß. Manchmal stand sie dann auf und sah in den kleinen Garten hinter dem Hause. Außer ein paar Küchenkräutern wuchs nichts darin, aber es war doch ein Stückchen grünes Land und darüber ein blauer Himmel. Derselbe Himmel, der über der Stadt in Frankreich lag, als sie mit ihrem Verlobten zwischen den dunklen Taxuswänden ihres elterlichen Gartens wandelte. Die arme Marguerite konnte nicht vergessen: sie hoffte immer noch, daß sie wieder nach Frankreich zurückkehren könnte, und ganz im Innersten ihres Herzens hoffte sie, daß ihr René noch lebte, und daß er sie eines Tages suchen und finden würde. Sie sprach diesen Gedanken dem Herrn Armand aus, der sie gelegentlich besuchte. Nicht sehr oft; der treue Diener des Bischofs hatte viel zu tun. Immer neue Emigranten kamen nach Altona und Hamburg, wollten hier bleiben, oder nach Schleswig-Holstein gehen, wo sie auf den Gütern Unterkommen zu finden hofften. Aber es gelang nicht allen, der Bischof wurde sehr von ihnen in Anspruch genommen, und Armand mußte ihm helfen. Da war es natürlich, daß er die Fräuleins nicht oft besuchen konnte; sie verlangten es auch nicht. Sie waren beide stolz und wollten niemandem lästig fallen, vor allem nicht ihrem Lebensretter, wie sie Armand nannten, der alsdann immer eine abwehrende Bewegung machte.

›Ich tat nur meine Schuldigkeit, und würde es immer wieder tun; aber ich bin froh und dankbar, daß Sie, meine jungen Damen, sich so gut mit dem Leben in der Fremde abgefunden haben. Wenn andere das doch auch verstünden! Aber viele der vornehmen Herrschaften, die ihr Leben retteten und sich dessen freuen sollten, machen jetzt so große Ansprüche, daß ihnen nicht leicht zu helfen ist!‹

Er berichtete von diesem und jenem, der unzufrieden wäre und immer mehr und Besseres haben wollte, als man ihm verschaffen konnte. ›Mein ehrwürdiger Herr hat viele Arbeit und vielen Verdruß von seinen Landsleuten!‹ So redete er, und beide jungen Damen wiederholten, wie schon oft, daß sie lieber auf eigenen Füßen stehen, als anderen zur Last fallen wollten.

Sie meinten, was sie sagten, und ich glaube, daß sie wohl über zwei Jahre oder noch länger in diesen kleinen Stübchen bei Madame Grünau wohnten und sich brav und anständig durchschlugen. Dann kam ein Tag, an dem Marguerite sehr weinte, es aber nicht zeigen wollte und sich zu mir, in das Schlafgemach flüchtete. Ich aber wußte schon, was geschehen war, und wenn ich auch Mitleid mit Marguerite empfand, so mußte ich mich wiederum für Berthe freuen. Denn der junge Gutsbesitzer Dernburg war ein vortrefflicher junger Mann, und dazu in sehr guten Verhältnissen. Er hatte Berthe in einer kleinen Gesellschaft kennen gelernt, die sie auf Bitten einer Hamburger Dame besuchte, und gleich empfunden, daß diese tapfere, muntere Französin eine gute Frau für ihn geben würde. Er war nämlich auf der Brautschau und sollte eigentlich, nach Wunsch der Eltern, eine wohlhabende Hamburgerin heiraten. Nun traf er Berthe und ließ sich von der Hamburger Freundin berichten, wie brav und tapfer sich die beiden fremden Mädchen durchgeschlagen, daß sie keine andere Hilfe in Anspruch genommen hatten und daß ihr Ruf der beste war, was man von anderen Französinnen nicht immer behaupten konnte. Ich hatte den Herrn Dernburg schon einige Male gesehen. Er war unter dem Vorwand, Französisch lernen zu wollen, zu den beiden jungen Damen gekommen und hatte dann eifrig mit Berthe gesprochen. Von seinem Gut, das oben im Lande, zwischen Ostsee und Buchenwäldern lag, von seinen Eltern, die auf einem anderen Gute wohnten, von allem, das ihn beschäftigte. Berthe hörte ernsthaft zu und stellte so viele verständige Fragen, daß ich sie mir gut als Gutsfrau vorstellen konnte.

Sie haben sich denn auch sehr bald geheiratet, und Madame Grünau nahm mich von meinem Platz, wickelte mich in feines Papier und verehrte mich der jungen Frau als Hochzeitsgabe. An dem Tage, da das junge Paar aus der Kirche kam, und Berthe ein einfaches weißes Kleid und den Myrtenkranz mit Schleier trug. Madame Grünau war stolz darauf, daß eine von ihren Französinnen sich in den Stand der heiligen Ehe begab, und noch dazu eine gute Heirat machte. Sie gönnte dies Glück dem fleißigen Mädchen von ganzem Herzen und war nur traurig, daß Marguerite nicht gleichfalls einen Mann bekam.

›Sie sind nicht freundlich genug, Mamsell!‹ sagte sie zu Marguerite. ›Die Männer kriegen Angst, wenn sie Ihr Gesicht sehen! Sie müssen mehr entgegenkommen!‹

Aber Marguerite schüttelte den Kopf, und ich wußte, daß sie an ihren René dachte, und daran, daß sie ihm bis übers Grab die Treue bewahren wollte. Denn ich blieb bei ihr. Berthe hatte mich gleich an ihre einsame Kusine geschenkt, und Marguerite freute sich darüber. Sie wickelte mich wieder aus und stellte mich auf denselben Platz. Sie sagte, ich wäre ihr eine gute Gesellschaft, weil sie mich an die vielen Sèvresfigürchen erinnerte die bei ihren Eltern auf dem Kamin gestanden hatten. Und Berthe meinte, sie selbst hätte es so gut getroffen, daß sie keine Schäferinnen zum Trost gebrauchte. Sie war übrigens sehr lieb in ihrem Glück, und auch ihr Mann lud Marguerite dringend ein, zu ihm, auf das Gut zu ziehen. Es wäre Platz genug im Haus, und mehr als genug zu essen. Es würde ihm eine Freude und Ehre sein, Fräulein Marguerite bei sich auf immer aufzunehmen. Ich war sehr gespannt, ob meine jetzige Besitzerin auf die Einladung eingehen würde. Ich hätte gewünscht, daß die beiden Kusinen zusammengeblieben wären, und da ich kein Landleben kannte, würde ich es gern kennen gelernt haben. Ich wußte auch, daß Herr Dernburg einen Gutsnachbar hatte, der gleichfalls eine Frau suchte, und der vielleicht Gnade vor Marguerites Augen gefunden hätte. Aber Marguerite lehnte mit höflichem Danke ab. Sie wollte lieber allein bleiben und sich ihren Lebensunterhalt selbst verdienen. So sagte sie, und ich wußte, daß sie nach immer die Hoffnung festhielt, ihr René könnte nicht tot sein, und er würde sie suchen und finden. Ich glaube, es war Marguerite ganz lieb, daß Berthe sie verließ und wohl versorgt war. Nun konnte sie oft laut denken und brauchte sich nicht mehr zusammenzunehmen, ein heiteres Gesicht machen, wenn sie inwendig vor Trauer und Sehnsucht weinte. Ich habe noch oft ihre Tränen gesehen und die Klagen über ihre Verlassenheit gehört. Vor den Menschen aber war sie ruhig und gelassen und besorgte ihre Kundschaft gewissenhaft und pünktlich. Das Kuchenbacken und die Süßigkeiten gab sie allmählich auf, da andere vornehme Herrschaften sich gleichfalls auf Konditorsachen verlegten, und ihre Waren viel lauter anpriesen als die zurückhaltende Marguerite. Aber sie behielt die Stunden bei, und auch das Spitzenwaschen, und verdiente so viel, daß sie keine Sorgen zu haben brauchte. Wäre nicht eine Madame Timmermann aus Hamburg gekommen, die ihr einen Platz als Gesellschafterin bei sich anbot, so hätte Marguerite sicherlich noch viele Jahre ihre kleine Wohnung behalten und darin gearbeitet. Aber Madame Timmermann war eine reiche Dame, die in einem stattlichen Hause wohnte, allein stand und sich nach einer liebenswürdigen Gesellschaft sehnte. Sie hatte durch andere von Marguerite erfahren, bot ihr ein gutes Gehalt und eine angenehme Wohnung. Herr Armand, den Marguerite um Rat fragte, riet ihr sehr zu, das Anerbieten anzunehmen, und auch der Bischof ließ ihr sagen, sie dürfe eine sichere Heimat nicht ablehnen. Da sind wir denn also nach Hamburg gezogen. Marguerite hatte nicht viele Schätze, aber mich wickelte sie in ein feines Tuch, und als ich wieder ausgewickelt wurde, stand ich auf einem zierlichen Schreibtisch und blickte durch ein blankes Fenster auf ein Wasser, das die Alster hieß. Ich hatte Augenweide genug. Es war einmal wieder Sommer geworden, und auf der Alster glitten Ruderboote, die mit fein gekleideten Menschen besetzt waren. Zum Teil waren es Hamburger, aber auch ein gut Teil Emigranten darunter. Sie sprachen und lachten viel lauter als die Hamburger, und traten oft sehr hoffärtig auf. Madame Timmermann sprach manchmal darüber, und Marguerite konnte ihr nicht Unrecht geben. Sie selbst war ernst und zurückhaltend, wie immer. Besorgte ihre Pflichten im Haushalt, und leistete der Dame Gesellschaft, fuhr mit ihr aus oder ging mit ihr in Läden. Auch einige Gesellschaften mußte sie mit ihrer Dame besuchen, und wie ich aus gelegentlichen Gesprächen hörte, wurde Marguerite von allen Menschen mit Achtung und Zuvorkommenheit behandelt. Sie ließ sich nichts zuschulden kommen, war höflich und dienstbereit, und zeigte deutlich, daß sie verschieden von den meisten Franzosen war, die

die hamburgische Gastfreundschaft in Anspruch nahmen, und nachher über die schwerfälligen Deutschen spotteten. Weil die sich nicht so geschniegelt benahmen wie die Herzöge und Grafen, die in Mengen auf dem Jungfernstieg herumliefen und die Zeit mit Spielen und Trinken hinbrachten. Bis sie nichts mehr zu beißen und zu brechen hatten, und überall Geld liehen, ohne es jemals wiederzugeben.«

Die kleine Schäferin war lebhaft geworden, und ihre Stimme viel lauter. Der Mond hüllte sie in sein Licht, und lächelte dazu.

»Du wirst ganz eifrig, Kleine! Du mußt bedenken: Franzosen sind nun einmal Franzosen, und bilden sich immer ein, das erste Volk der Erde zu sein! Das kommt daher, weil die anderen Völker sie immer bewunderten und ihre Fehler allerliebst fanden. Wären die anderen verständiger gewesen, die Franzosen würden nicht so eingebildet und unverschämt geworden sein.«

»Ich sage ja auch nicht, daß sie alle so waren!« erwiderte die Schäferin. »Einige unter den ganz Vornehmen waren anständig, davon hörte ich auch, und meine zwei Herrinnen gaben sich alle Mühe, sich den Gebräuchen des fremden Landes anzupassen. Fräulein Berthe, die nun Madame Dernburg hieß, habe ich noch einige Male gesehen. Sie kam mit ihrem Mann nach Hamburg und besuchte jedesmal ihre Kusine, lud sie auch immer ein, zu ihr aufs Land zu kommen und dort zu bleiben. Aber Marguerite lehnte von neuem ab. Sie wollte in Hamburg bleiben. Denn hier konnte sie nach immer hoffen, etwas von ihrem Verlobten zu erfahren. Kamen doch immer neue Landsleute in diese Stadt: Vornehme und Geringe, die an anderen Orten in Deutschland gewohnt hatten und dort ausgewiesen wurden. Die Deutschen kriegten allmählich genug von den Emigranten: aber Hamburg und der Staat Dänemark, zu dem Altona gehörte, konnten sich nicht entschließen, die Heimatlosen abzuweisen.«

»Erzähle uns etwas von Berthe!« bat die Laute. »Es ist mir, als hätte sie mich einmal im Arm gehalten, und auf mir gespielt.«

»Davon weiß ich nichts.« erwiderte die Schäferin. »Es wird vielleicht eine andere Französin gewesen sein. Madame Dernburg war eine gute und tüchtige Hausfrau geworden, eine, die gern über Kälber redete und über Weizen- und Butterpreise. Sie sprach nur noch deutsch, auch mit ihren Kindern, deren sie drei hatte. Den ältesten Jungen hat sie einmal zu Marguerite gebracht, damit er sie bitten sollte, doch mit ihm zu kommen und ihn lesen und schreiben zu lehren. Denn er war fünf Jahre alt, und mußte an die Wissenschaften denken Und auf dem Lande war es nicht leicht, guten Unterricht zu bekommen. Aber Marguerite lehnte wieder ab: sie konnte nicht von ihrem Jugendtraum lassen, der, je länger er dauerte, sich immer mehr in ihr Herz fraß. Madame Timmermann freute sich, daß sie bei ihr blieb. Sie wurde älter und hilfsbedürftiger, und hätte sich ungern an eine andere Gesellschaft gewöhnt: aber Berthe wurde etwas beleidigt und ihr Mann auch. Weil sie es gut mit Marguerite meinten und sie als ihre beste Freundin halten wollten. Seit der Zeit hörte ich lange nichts von Berthe und ihrer Familie und die Jahre sind mir sehr schnell vergangen. Herbst und Winter, Frühling und Sommer – es geht alles so eilig vorüber und kehrt so bald wieder. Ich stand immer auf dem Schreibtisch und sah auf die Alster, und Marguerite verlernte es allmählich, mit sich selbst zu reden, und behielt das, was sie dachte, mehr für sich. Aber auch die Welt, die ich von meinem Fenster sah, veränderte sich. Die lustigen Franzosen, die auf der Alster spazieren fuhren, verschwanden allmählich, und es erschienen andere Franzosen. Solche, die von der Republik sprachen und die Emigranten verfolgten. Solche, die vom ersten Konsul, und dann vom Kaiser Napoleon berichteten, und die erklärten, daß sie die ganze Welt erobern würden. Und eines Tages hatten wir einen französischen General als Einquartierung, der ehedem Barbier gewesen war und nun eben so hochmütig war wie die früheren Grafen und Herzöge. Er war ein noch ziemlich junger Mann, der sich wunderte, eine richtige Französin hier im Haus zu finden, sie gleich sehr scharf ausfragte, und dann gnädig bemerkte, er habe nichts dagegen, wenn Fräulein Marguerite im Hause zu bleiben wünsche. Sie wäre allerdings eine Aristokratin und Anhängerin des Königtums, was beides ein Verbrechen war; aber wenn sie sich gut und ordentlich benähme, dann wollte er ihr sein Wohlwollen nicht entziehen. Es waren damals wohl nicht ganz leichte Zeiten für die Stadt Hamburg. Die Menschen waren ernsthaft und sorgenvoll, und auch Marguerite ging schweigend umher und sprach nur, wenn sie mußte. Aber über die Rede des Generals lachte sie so herzlich, wie ich sie kaum habe lachen sehen.

›So ein elender Emporkömmling!‹ sagte sie laut vor sich hin, schürzte die Lippen und lachte wieder. ›Sein Vater hat meinem Vater die Stiefeln geputzt und den Zopf geflochten. Und der will mir eine Gnade erweisen!‹

Aber sie hütete sich doch, ihre Gedanken anders als in ihrem Zimmer laut werden zu lassen, und auch Madame Timmermann bemühte sich, den Gast zufriedenzustellen, ihm gutes Essen und seinen Wein zu geben und ihn jeden Morgen nach seinen besonderen Wünschen zu fragen. Das gefiel dem Herrn, und er legte sein bärbeißiges Benehmen ab und wurde ganz zutraulich. Erzählte dann unaufgefordert, daß er aus derselben Stadt wie Fräulein Marguerite stamme, und daß er als Junge niemals gedacht habe, er würde einst ein General des Kaiserreiches und ein vornehmer Mann werden. Das war die Folge der Republik, die alle Menschen gleich machte, und dann kam es von dem großen Kaiser Napoleon, der eigene Tüchtigkeit zu belohnen wußte. Oh, er prahlte recht, war aber sonst nicht so sehr schlimm, wenigstens sagten dies die beiden Damen, und ich mußte es wohl glauben. Mich beachtete er gar nicht, obgleich er öfters in Fräulein Marguerites Zimmer saß und dort Kaffee trank. Denn dies Zimmer mit der Aussicht auf die Alster hatte es ihm angetan, und er fragte nicht viel, wem es gehörte, sondern verfügte frei über alle Zimmer im Hause. Hier in diesem Raum wollte er auch eine kleine Gesellschaft geben. Einige Herren, die zu seinem Stabe gehörten, dazu einige Beamte, die im Auftrage des Kaisers in Hamburg weilten, wollte er zu einem Glase Wein und zu schönem Kuchen einladen.

›Wir machen Ihnen keine Umstände, Mademoiselle!‹ sagte er zu Marguerite.‹

›Sie haben nur den Wein zu liefern und den Kuchen, sowie guten Tabak und anständige Pfeifen. Wir trinken und rauchen, genießen dabei die schöne Aussicht auf den Fluß und machen nachher ein Spielchen.‹

Alles geschah nach seinem Wunsch. Madame Timmermann freute sich, daß sie mit Wein und Kuchen und starkem Tabakrauch davonkam. In anderen Häusern verlangten die Offiziere ein großes Mittagessen, und man mußte es ihnen natürlich bereiten. Es war ein heller Frühlingstag, und die Sonne schien auf das Alsterwasser, daß es blau wurde wie der Himmel, da erschienen die eingeladenen Herren und saßen bald beim Wein, aßen Kuchen, lachten und schwatzten, wie nur Franzosen schwatzen können. Der General machte den Wirt und hatte seinen Diener weggeschickt, damit man ungestört war. Ich aber stand auf dem Schreibtisch und konnte mit Muße die Herren betrachten, die jetzt um den Tisch saßen und immer wieder lachten. Ihnen war entschieden sehr wohl zumute, und man konnte merken, wie sie sich freuten, in Hamburg zu sein und diese reiche Stadt als ihre Beute zu betrachten. Von Steuern sprachen sie, von Geld, das sie nehmen wollten, immer nur von Haben und Kriegen. Angenehm anzuhören war es gerade nicht, und ich freute mich, daß Marguerite und ihre Herrin still in einem Hinterzimmer sahen und nicht ahnten, was geredet wurde. Am meisten sprach ein Herr, der nicht Offizier zu sein schien, sondern elegant in einen goldbraunen Anzug gekleidet war. Mit langen schwarzen Haaren und einem schneeweißen Brusttuch, das ihm sehr gut stand.

Er redete vom Kaiser, als kennte er ihn sehr gut und auch von der Kaiserin Marie Luise, die, wie ich erfuhr, eine Prinzessin aus Österreich war und eine Nichte der armen Marie Antoinette, der die Franzosen den Kopf abschlugen. Es wunderte mich recht, daß man diese Dinge so schnell vergessen konnte, aber wenn man ein lebendiger Mensch ist, dann hat man wohl ein anderes Gedächtnis als eine Schäferin aus Porzellan, die Zeit hat, über vieles nachzudenken. Und ich hörte doch, wie Fräulein Berthe und Marguerite über das Entsetzliche sprachen, das damals in Frankreich geschah. Wie oft weinten sie über das Schicksal von Marie Antoinette und vielen anderer Menschen; diese Herren aber waren sehr zufrieden mit dem, wie es jetzt in Frankreich aussah. Einen Kaiser hatten sie, der ehemals ein einfacher Leutnant gewesen war, und eine Kaiserin, die aus dem alten und vornehmen Hause Österreich stammte. Frankreich würde die Welt erobern, bald ginge es nach Rußland, wo viel Land und viel Gold war. Napoleon würde den Russen zeigen, wie mächtig er wäre und daß niemand ihm widerstehen könnte. So redeten die Herren, lachten, tranken Wein, aßen Kuchen und mischten die Spielkarten. Sie zogen Gold- und Silberstücke aus der Tasche, legten sie vor sich hin, und dann starrten sie auf das Geld und auf die Karten, und dachten nicht mehr daran, auf die blaue Alster zu schauen und auf die goldenen Sonnenstrahlen, die darüberhin huschten. Sie müssen eine Zeitlang gespielt haben, und ich bin vielleicht ein wenig eingeschlafen, denn wenn man sich langweilt, ist es besser, zu schlafen; dann aber wachte ich durch ein heftiges Gezänk auf und sah, wie ein Glas durch die Luft und gegen das Gesicht des Herrn flog, der den goldbraunen Anzug trug. Er fiel zurück, und das Blut strömte ihm über das hochmütige Gesicht. Aber er fuhr doch auf und packte den, der das Glas geworfen hatte, an der Kehle. Jetzt trat der General dazwischen, zog die Streitenden auseinander, fluchte schrecklich und rief aus der Tür nach Wasser und Tüchern, damit die stark blutende Wunde verbunden werden möge. Marguerite kam herbeigeeilt und stürzte davon, um alles zu holen, während der Verwundete in einen Lehnstuhl gesetzt wurde. Er kämpfte mit einer Ohnmacht, und als Marguerite wieder eintrat, lag er mit geschlossenen Augen. Der General aber war noch böse und zeigte seinen Unmut.

›Dieser Herr von Renneton sollte nicht so spielen, wie er es tut. Ich habe ja nicht gesehen, daß er gezeichnete Karten hatte, aber wenn Rembert es sagt –‹

Er hielt inne, und der, der das Glas gegen Rennetons Gesicht geworfen hatte, antwortete trotzig.

›Mein General, es ist, wie ich sage. Herr von Renneton spielt unehrlich. Ich bemerkte es schon mehrere Male, und heute habe ich unwiderlegliche Beweise!‹ Er sprudelte eine Menge von Anschuldigungen heraus, auf die ich aber nicht achtete. Denn ich sah Marguerite an, die vor dem ohnmächtigen Mann kniete, ihm vorsichtig das Blut abwusch und ihn mit rosenroten Wangen und mit selig leuchtenden Augen betrachtete.

›René!‹ sagte sie dabei ganz leise. ›Bist du es wirklich, und bist du gekommen, um mich zu suchen und zu finden! René! Öffne die Augen und erkenne, daß deine Marguerite treu auf dich wartete, und nie die Hoffnung sinken ließ, daß einmal der Tag des Wiedersehens kommen würde!‹

So flüsterte Marguerite mit seligem Ausdruck, während der General sich plötzlich zu ihr wandte, den noch immer Ohnmächtigen betrachtete und recht verdrießlich war.

›Sie scheinen die Wundbehandlung zu verstehen, Mademoiselle, und da brauche ich also keinen Arzt kommen zu lassen. Wir wollen den Monsieur zu seiner Frau bringen, damit sie ihn weiter pflege!‹

›Zu seiner Frau –‹

Marguerite wiederholte das Wort, während sie halb aufstand, und der General sah sie erstaunt an.

›Wundert Sie das? Soviel ich weiß, ist Renneton schon zum zweiten Male verheiratet, und seine jetzige Frau begleitet ihn. Es ist auch gut, daß er unter Aufsicht ist, er ist ein Bruder Leichtfuß, und heute hat er mich so geärgert, daß ich seinen Vorgesetzten Bericht erstatten will!‹

Fräulein Marguerite ist nicht in Ohnmacht gefallen oder hat geschrien oder sonst etwas Besonderes getan. Sie ist nur weiß wie Schnee geworden, und ihre Augen bekamen einen starren Blick, als wären sie auch von Porzellan und gehörten keinem lebendigen Menschen. Sie hatte den treulosen Mann vorsichtig verbunden und half dabei, daß er die Treppe hinunter und in eine Sänfte getragen wurde, die eben geholt war. Dann sind alle Herren gegangen, Madame Timmermann ist gekommen, hat das Zimmer gelüftet und alles wegräumen helfen. Und hat gescholten über die Franzosen, ihre Leichtfertigkeit und Unverschämtheit. Marguerite antwortete nicht. Sie räumte, sie lüftete und machte Ordnung, wie es sich gehörte, aber als sie endlich allein war, da fiel sie auf die Knie und betete.

›Lieber Gott. hilf, daß ich nicht bitter werde, und die große Prüfung, die du mir auferlegst, in deiner Kraft trage!‹

Dabei sind ihr aber die Tränen übers Gesicht gestürzt, und ich hörte sie noch lange bitterlich weinen.

Am anderen Tage aber war sie ruhig wie immer, und als sie Besuch erhielt von Frau von Renneton, trat sie ihr artig entgegen.

Frau von Renneton war eine kleine dicke Dame mit kohlschwarzen Haaren und großen Federn auf dem Hut. Dazu trug sie ein seidenes Kleid, mit kostbaren Spitzen besetzt, und eine dicke, goldene Kette um den Hals. Sie war aufgeregt und versicherte immer wieder, daß sie den Grobian, der ihren Mann so zugerichtet habe, verklagen wollte, und sollte sie auch bis zum Kaiser gehen.

›Herr von Renneton spielt nicht falsch!‹ versicherte sie. ›Man ist nur neidisch auf ihn, weil er so geschickt spielt und alle Zufälligkeiten auszunutzen versteht. Er ist ein guter Mann, Mademoiselle, und er läßt Sie schön grüßen und Ihnen für die erste Hilfe danken. Es geht ihm schon wieder besser; er muß nur noch einige Tage im Bett liegen, weil er einen Nervenchok bekommen hat. Dieser Rembert ist wirklich ein Elender, und dabei nicht einmal von guter Familie. Sein Vater ist Schlächter und einer von denen gewesen, die in Paris die Prinzessin Lamballe ermordet haben. Wissen Sie davon, oder soll ich Ihnen die Geschichte erzählen?‹

Marguerite schüttelte den Kopf, und die kleine, dicke Frau sprach schon von anderen Dingen. Immer nur von sich selbst und davon, daß sie seit drei Jahren mit Herrn von Renneton verheiratet wäre. Er war ein bißchen leichtsinnig und gab viel Geld aus, seine erste Frau hatte sehr verschwendet – daher mußte er darauf sehen, viel zu verdienen. Das Gehalt des Kaisers war nicht immer genügend: man mußte sich Nebeneinnahmen schaffen, die in dem guten Deutschland nicht schwer zu finden waren. Hamburg war solche reiche Stadt – es galt Geld aus ihr ziehen!

So redete sie, brach dann auf und versprach, bald wiederzukommen. Sie hatte schon gehört, daß Mademoiselle eine Emigrantin wäre. Von damals, als es vielen zu heiß in dem guten Frankreich wurde. Ihr Mann hatte eigentlich auch auswandern wollen, nachher war er aber doch lieber geblieben. Wenn man sich nach der Decke streckte, dann kam man auch mit einer Regierung aus, die reichlich scharf war. Vielleicht käme Mademoiselle einmal zu ihr und unterhielte sich mit Herrn von Renneton: man hätte doch vielleicht gegenseitige Bekannte.

Als die redselige Dame gegangen war, saß Marguerite ernsthaft in ihrem Stuhl und sah auf die Alster, auf der einige Schwäne ihre Kreise zogen. Aber sie weinte nicht mehr, und ihr Gesicht war still geworden. – In diesen Tagen wurde Madame Timmermann krank, und Marguerite hatte sie zu pflegen, dabei den Hausstand zu führen und mit dem General zu verhandeln, der wieder eine Gesellschaft geben wollte.

›Den Renneton lade ich nicht wieder ein!‹ sagte er. ›Das ist ein Lump, der nicht in anständige Gesellschaft gehört. Ich weiß noch mehr von ihm, als diese Spielgeschichte. Wenn ich ihn anzeige, kommt er ins Gefängnis!‹

›Was hat er denn getan? fragte Marguerite, aber der General schüttelte den Kopf. Liebenswürdige Damen brauchten nicht alles zu wissen! Dabei küßte er Marguerite die Hand und sah sie mit feurigen Augen an. Sie aber schlug die ihren nieder und erwiderte nichts.

Am anderen Tage besuchte Herr von Renneton sie. Et war noch verbunden und trug eine Binde über dem einen Auge, aber er ging sehr aufrecht und tat sehr liebenswürdig. Erst jetzt habe er erfahren, daß es Mademoiselle de Gerard wäre, die hier in Hamburg bei der alten Kaufmannsfrau wohne. Und er und sie wären doch Jugendgespielen, und hätten gemeinsame Erinnerungen. Wie liebenswürdig und brav waren die Eltern von Fräulein Marguerite gewesen: zu schade, daß sie hingerichtet wurden. Aber das geschah ja damals den Besten, und eigentlich galt es für eine Auszeichnung, auf diese Weise zu sterben. Nun war dies alles schon lange her: Seine Majestät der Kaiser ließ keine Aristokraten mehr hinrichten; sondern stellte sie an, damit sie ihrem Vaterlande dienten. Aber er ließ auch andere Leute in hohe Stellungen kommen, die es nicht verdienten. Da war zum Beispiel dieser General, der hier im Hause in Quartier lag: er war von gemeiner Herkunft und von ebensolcher Gesinnung. Niemals mehr würde er, René Renneton, eine Einladung von ihm annehmen, und auch über ihn nach Paris berichten!

Konnte der Herr reden! Ich verstand lange nicht alles, was er sagte, aber es schien mir auch nicht nötig: Es waren lauter Redensarten, die sich meistens mit seiner werten Person beschäftigten. Nachdem er gegangen war, hätte ich gern an Marguerite gesagt, daß sie nicht mehr traurig sein sollte, weil dieser aufgeblasene und eitle Mensch ihr nicht die Treue gehalten hätte; aber es kam mir vor, als empfände sie denselben Gedanken. Wenigstens schüttelte sie einige Male den Kopf und lächelte ein trauriges kleines Lächeln, wie die Menschen es vorrätig haben wenn es anderes kommt als sie denken, und dies andere eigentlich ein Segen ist. Jedenfalls weinte sie nicht mehr, pflegte ihre Madame und besorgte alles, was es zu besorgen gab. Sie hatte wenig Zeit, in ihrem Zimmer zu sitzen und mit sich zu sprechen, daher kann ich nicht viel von ihr berichten. Nur einmal, es mögen etliche Monate nach dem ersten Besuch des Herrn von Renneton verstrichen sein, da erschien er plötzlich wieder und stand vor Fräulein von Gerard in ihrem eigenen Zimmer. Er war nicht mehr so siegesgewiß, wie das erstemal, auch nicht mehr so fein gekleidet. Er sprach von Feinden, die er hätte, von Intrigen gegen ihn, von der Ungnade des Kaisers, die er nicht verdient habe, und die von einem Bericht des Generals herrühre, der ihn nicht leiden könne. Und er bat Mademoiselle Marguerite, ein gutes Wort für ihn bei dem General einzulegen, damit er nicht abgesetzt würde. Man drohe ihm sogar mit dem Gefängnis, wo er doch ein ausgezeichneter und ehrlicher Mann sei, der immer nur das Beste gewollt habe.

Herr von Renneton sprach noch eine Weile; ich verstand nicht alles, und sah nur, daß Marguerite ihn sehr ernsthaft anhörte und nicht viel erwiderte. Wie er nun schwieg und sie wohl nicht recht wußte, was sie sagen sollte, faßte er ihre Hand.

Mademoiselle, ich weiß, daß ich mich, als wir beide jung waren, und die böse Zeit kam, daß ich mich damals nicht ganz richtig benommen habe. Ich hätte Sie nicht verlassen sollen, da wir eigentlich verlobt waren. Aber, wahrhaftig Mademoiselle, es ging uns allen miserabel, und jedermann mußte sehen, wie er durchkam. Ich will auch mein Unrecht gut machen und mich, falls Sie es wünschen, von meiner Frau scheiden lassen, um Sie zu heiraten. Legen Sie nur ein gutes Wort bei dem General ein, der das Ohr des Kaisers hat.

Ganz ungerechterweise, aber manchmal wird das Laster belohnt und die Tugend muß leiden.‹

Er wollte noch weiter sprechen, aber Marguerite stand auf.

›Glauben Sie, daß Sie tugendhaft sind, Herr von Renneton?‹

›Ich bin immer ein braver Mann gewesen!‹ erwiderte er, und verdrehte die Augen. Da lachte Marguerite laut auf und zeigte auf die Tür. ›Mit Ihnen will ich niemals mehr etwas zu schaffen haben: Sie sind ein gemeiner Mensch!‹

Als der Spitzbube gegangen war, faltete mein Fräulein die Hände, und sprach mit sich selbst, wie zu alten Zeiten.

›Gott sei Dank, daß ich mein Leben nicht an diesen Elenden binden konnte. Ich hätte es getan, wahrhaftig, ich glaubte an ihn! Wie konnte ich so viel Gemeinheit ahnen! Treulos ist er und schlecht. Seine arme Frau! Wenn ich an ihrer Stelle wäre, wie würde ich mich schämen!‹

So redete sie, und war so aufgeregt, daß sie ein Klopfen überhörte, und dann trat der General ein, ohne daß sie Herein rief. Er war in großer Uniform, und wollte sich verabschieden, da der Kaiser ihn auf einen anderen Posten berief. Er setzte sich, auf Marguerites Einladung, und spielte mit seinem Federhut.

›Ich wollte fragen, ob Sie und ihre Dame noch einen Wunsch haben, den ich erfüllen könnte, Mademoiselle. Es hat mir hier im Haus
sehr gut gefallen, und ich möchte meine Dankbarkeit beweisen!'

Marguerite schwieg einen Augenblick.

›Vielleicht bestrafen Sie den Herrn von Renneton nicht allzu hart‹
sagte sie zögernd.

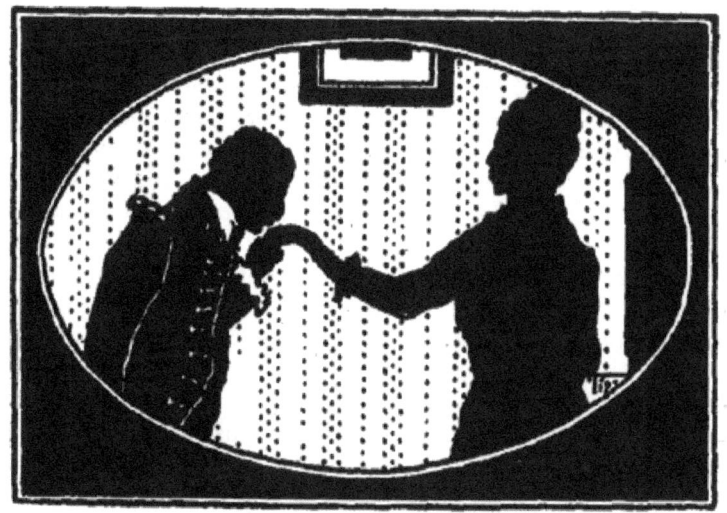

Der General blitzte sie mit seinen schwarzen Augen an.

Er ist ein Dieb und ein Betrüger! Er hat Gelder unterschlagen, die dem Staat gehören, und auch sonst Unredlichkeiten begangen. Welches Interesse nehmen Sie an ihm, Mademoiselle?

Er hat einstmals meinem Elternhaus nahe gestanden, und außerdem hat er eine Frau und einen kleinen Sohn von zwei Jahren. Wie schrecklich wird es dereinst für dies Kind sein, einen Vater zu haben, der einen Makel auf seinem Namen hat!‹

›Herr von Renneton hätte früher an diese Dinge denken sollen!‹

›Selig sind die Barmherzigen!‹ sagte Marguerite ganz leise, und der General schwieg eine Weile. Dann stand er auf, und küßte Marguerites Hand.

›Mademoiselle, der Kerl hat wirklich nicht verdient, daß Sie für ihn bitten. Aber ich will mein Möglichstes versuchen. Die Worte, die Sie eben sprachen, werde ich im Gedächtnis behalten, und Sie vielleicht später einmal daran erinnern!‹

Dann ist er gegangen und Marguerite hat mit sehr freundlichen Augen hinter ihm hergesehen.«

»Und dann?« fragte die Laute, aber der Mond ergriff jetzt das Wort.

»Laß das Fragen, liebe Laute, denn die kleine Schäferin weiß nichts mehr zu berichten. Am anderen Abend, gerade, als ich hell in das behagliche Zimmer an der Alster schien, sind Diebe gekommen, und haben viele Dinge weggenommen, die dort, und im angrenzenden Gemach, umherstanden. Unter anderem auch die kleine Schäferin, die sie in einen groben Korb packten, der später in einen Diebeskeller kam, dort vergessen wurde, und erst vor einigen Jahren, als das Haus abgebrochen wurde, seine Auferstehung feierte. Ich muß ja leider fast ebensoviel böse Taten wie gute sehen, und ich habe nicht die Macht, sie zu verhindern, wenn ich auch den schlechten Menschen manchen Schabernack spiele. Nein, die arme kleine Schäferin hat viele Jahre im Keller schlafen müssen, und kann nicht sagen, was aus Marguerite geworden ist, die einstmals ein störrisches, verwöhntes Kind war, die das Leben in seine Hand nahm und aus ihr ein prachtvolles Menschenkind formte: eins von denen, die nicht an sich, sondern nur an andere denken: Und solche Menschen gibt es auch bei den Franzosen, wenn auch nicht sehr häufig. Und ich will gleich sagen, daß es wohl die deutsche Luft gewesen ist, die Marguerites gute Eigenschaften zur Entfaltung brachte, oder, wenn das zuviel gesagt ist, die Schicksale, die sie so bildeten, daß ich sie später immer mit Freude betrachtete. Auch, als sie eine ganz alte Frau geworden war, ihr Französisch fast verlernt hatte, und in ihrem kleinen Stübchen für die Armen strickte und nähte.«

Der Mond wollte weiter sprechen, da aber erklang die kleine Spieldose, die bis dahin geschwiegen hatte, und sie hatte eine so kräftige, trotzige Stimme, daß alle, die bis dahin geredet hatten, still schwiegen und sie reden ließen.

Ich spiele Militärmärsche und ich bin in Amsterdam gemacht! Wie ich hierher komme? Das ist eine lange Geschichte, und ich kann sie nicht mehr ganz erzählen. Der Mond beginnt müde zu werden; dann wendet er sein Gesicht von uns, und wir verlieren wieder alle die Sprache. Ich habe dem General gehört, demselben General, der damals Mademoiselle Marguerite die Hand küßte. Irgendein vornehmer Herr aus Holland brachte mich mit und gab mich dann für einige Goldstücke an den General. Damals hatte er noch Goldstücke, es gab aber eine Zeit, da erging es ihm nicht mehr gut.

Wißt ihr euch der Schlacht bei Leipzig und nachher der bei Belle Alliance zu erinnern? Wahrscheinlich nicht: Ihr hattet eure Behausung, euer Unterkommen, ich aber machte alles mit. Im Koffer des Generals lag ich, und mit ihm ging ich nach Frankreich, aber, um nicht lange dort zu bleiben. Es wehte ein anderer Wind im Lande: der große Kaiser Napoleon war heimtückisch von den Engländern gefangengenommen und saß gefangen auf der Insel Sankt Helena, und mein General hatte in der Schlacht von Belle Alliance ein Bein verloren, und als er nach Frankreich zurückkehrte, wurde er sehr bald ausgewiesen. Weil er für den Kaiser und nicht für den dicken Bourbonenkönig war, der jetzt dort wieder regierte. Geld hatte er auch nicht, niemand gab ihm eine Pension, wie er es doch verdient hatte, und wenn es nach der französischen Regierung gegangen war, hätte er des Hungers sterben können. Dazu aber hatte er keine Lust; er grübelte lange, horchte auf meine Weisen und packte zusammen, was ihm sonst noch gehörte. Auch ich lag eine Zeitlang im Koffer und wurde erst herausgenommen, als mein General in einer großen Stadt angelangt war, die, wie ich bald erfuhr, Hamburg hieß. Dort stand ich in einem kleinen Zimmer auf dem Tisch, und mein General betrachtete mich aufmerksam, rieb an mir, denn ich war aus vergoldetem Messing und konnte sehr schön glänzen. Dann wickelte er mich ein und löste erst das Papier, als er vor einer freundlichen Dame stand, die ihm die Hand reichte und einige Willkommensworte sprach.

›Fräulein Marguerite,‹ sagte da mein General, ›Sie erschrecken gewiß, daß ich wiederkomme, nicht wahr? Ich habe es allerdings immer im Sinne gehabt, wieder zu kommen, aber nicht als elender Krüppel und mit einem zerrissenen Rock: ich wollte Marschall von Frankreich werden und Sie dann fragen, ob Sie meine Marschallin sein wollten. Aber es ist alles anders geworden, und es wäre sehr frech von mir, wollte ich Sie an mein Schicksal binden. Außerdem würden Sie sich wohl bedanken! Von solchen Dingen wollen wir also nicht reden: ich möchte Sie nur um einen Rat bitten! Sie haben mir damals erzählt, daß Sie als armes Mädchen hierher kamen, und aus eignem Fleiß sich ein gutes Leben schafften: möchten Sie mir nicht auch einen Rat geben, wie ich es anfangen soll, mir etwas zu verdienen?‹

Während der General sprach, war Fräulein Marguerite sehr rot geworden, aber dann zeigte sie auf einen Stuhl, auf den der General sich setzen mußte, und nahm neben ihm Platz. Dann griffen ihre Hände nach mir.

›Wie hübsch ist sie!‹ sagte sie, und ich merkte, daß sie etwas zitterte. ›Ja, es ist ein wertvolles kleines Ding, fast der einzige Überrest aus der Zeit, da ich noch etwas bedeutete. Eigentlich wollte ich sie verkaufen, aber dann sollten Sie sie doch lieber haben. Ihr Erlös würde mich nicht lange ernähren. Nehmen Sie die Dose, und Sie geben mir einen Rat dafür!‹

›Mein General,‹ Fräulein Marguerite war wieder ruhig geworden. ›Von heute auf morgen wüßte ich keinen Rat für Sie, aber vielleicht übermorgen, oder in acht Tagen. Und wenn Sie hier bleiben wollen, dann müssen Sie Deutsch lernen: die Deutschen haben allerdings noch immer eine Vorliebe fürs Französische, obgleich sie viel Böses von unserem Volk erdulden mußten; aber wenn Sie etwas erreichen wollen, müssen Sie die Sprache des Landes lernen!‹

›Glauben Sie, daß ich hier irgendeine Stellung erhalten könnte?‹ fragte der General wieder und Marguerite sah ihn sehr freundlich an.

›Ich werde mir alle Mühe geben, Ihnen zu helfen!‹«

»Sie war eine tüchtige Person geworden!« schob hier der Mond ein. »Frau Timmermann war zwar gestorben, und ihre gute Stellung hatte sie verloren; aber sie hatte ein bedeutendes Legat erhalten und hatte, um nicht müßig zu sein, eine kleine Schule begonnen, in der Knaben und Mädchen die Anfangsgründe der Wissenschaften lernten. Dann verfertigte sie sehr schöne Handarbeiten, und schließlich war sie unter die Schriftsteller gegangen und hatte ein kleines Kochbuch geschrieben, das sie selbst verkaufte. Dieses Kochbuch erstanden sich alle die Mütter ihrer Schüler und verbreiteten es weiter, und hin und wieder kam eine fremde Hausfrau und ließ sich in diesem und jenem von Marguerite belehren. Also hatte sie alle Hände voll zu tun und konnte bald hier, bald dort helfen, hatte einen weiten Freundeskreis und empfand eine große Befriedigung. Denn es ist nichts schöner, als mitten im Leben zu stehen, und es andere merken zu lassen, daß man ihnen gern hilft. Sei es auch nur mir einem neuen Stickmuster oder mit einem neuen Kochrezept. Und weil Marguerite so viele Freunde hatte, so ist es ihr auch leicht geworden, dem armen einbeinigen General zu einem Platz zu verhelfen. Er wurde französischer Korrespondent in einer großen Firma, und dort hat er manches Jahr gearbeitet. Bis ...«

»Lieber Mond,« die Spieluhr sprach energisch, »du bist heute sehr voreilig, was wohl daher kommt, daß du bald untergehen wirst, aber ich möchte doch bemerken, daß ich dabei gewesen bin, als der General und Marguerite sich verheirateten. Er nannte sich zwar nicht mehr General, er hieß Herr Dubois und war ein ganz einfacher Bürger geworden, der sich sogar Mühe gab, immer Deutsch zu sprechen, das er aber niemals ordentlich beherrschte. Es machte nichts, jeder merkte, daß er gern wollte, sein Wollen aber nicht mit seinem Können zusammen ging. So war es auch mit seiner Korrespondentenstellung im Geschäft. Er tat sein Möglichstes, konnte aber nur sehr wenig verdienen, und wenn Frau Marguerite nicht gewesen wäre, dann hätte das Ehepaar Mangel leiden müssen. Aber Marguerite behielt ihre Schule, ihre Handarbeit, ihre Kochkünste, und so hat das Paar sehr friedlich miteinander gelebt. Und wenn die Schäferin berichtet, daß Marguerite einmal über den General lachte, weil er ehedem Barbier war, so hatte sie dies lange vergessen. Denn die echte Liebe fragt nicht nach diesen Kleinigkeiten. Jeden Abend nach der Arbeit wurde ich auf den Tisch gestellt und wußte meine Weisen vorspielen. Es waren lauter Militärmärsche, und die Augen des ehemaligen Generals leuchteten, wenn er sie hörte. Vielleicht waren diese Abendstunden seine besten; am Tage ging er ungern durch die Straßen. Einstmals, als General mit dem Federbusch und einem rasselnden Säbel war es sich leichter gewandert; jetzt hatte er seinen Stelzfuß und ging mühsam und unerkannt am Stock. Wenn nicht Marguerite ihm alles erleichtert hätte, was ihn sonst bedrückte, vielleicht hätte er noch einmal zum Wanderstab gegriffen. Sie aber ließ ihn die schweren Enttäuschungen vergessen, die das Leben ihm gebracht hatte, und wenn er bei ihr saß, von seinen Erlebnissen berichtete und von seinem Kaiser, dann wurde er wieder froh, schlug auf den Tisch und summte meine Melodien mit. Dann kam die Nachricht, daß sein Kaiser auf der fernen Insel gestorben war, und da brach auch er zusammen. Er mußte seine Stellung aufgeben, weil er nicht mehr arbeiten konnte und mußte sich von seiner Frau pflegen lassen. Damals hat er oft gesagt: Selig sind die Barmherzigen, denn sie werden Barmherzigkeit erlangen. Und mit den Barmherzigen meinte er seine Frau, die ihn nimmermüde pflegte, bis er seine Augen für immer schloß. Und gerade vorher hatte er noch auf mein Spielen gelauscht und leise mitgesungen.«

Die Spieldose schwieg, und der Mond legte seinen weißen Schleier um sie.

»Danach hast du lange geschwiegen, liebe Spieldose!« sagte er. »Frau Marguerite hütete dich wie ihren Augapfel, aber von deinen Märschen wollte sie nichts mehr wissen. Du hast noch eine Weile in ihrem Glasschrank gestanden, und dann hast du weiter reisen müssen. Frau Berthe Dernburg hat dich mitgenommen, damals als sie ihre schwerkranke Kusine besuchte und sie nachher bestatten half. Beide einst so jungen frischen Mädchen waren alte Frauen geworden, und wenn sie auch noch zuweilen von ihrer Jugend sprachen, so lag sie doch weit hinter ihnen. Wie etwas Goldiges, Fernes, das einst war und niemals so wiederkehrt. Und wenn auch beide eigentlich keine goldige Jugend hatten, so kam es ihnen in der Erinnerung doch so vor, und ehe Marguerite ans Sterben ging, sang sie noch mit halber Stimme ein französisches Wiegenlied, an das sie wohl niemals in Deutschland gedacht hatte, oder denken wollte. Eins aber war ganz wunderlich; an René Renneton dachte sie niemals mehr, auch dann nicht, als sie allein war und wohl manche Stunde hatte, in der sie ihren Gedanken nachgehen konnte. Er war für sie ausgelöscht, wie man einen Fleck im Kleide auslöscht und nachher nichts mehr von ihm weiß. Es war eine große Klage um sie bei ihren vielen Freunden. Sie ist lange nicht vergessen worden, so lange nicht, wie noch jemand lebte, der sie gekannt hatte. Und sie war doch weiter nichts als eine einfache Frau; aber gerade die einfachen Frauen sind es, die diese törichte Welt zusammenhalten. Durch Fleiß, Verstand und milde Taten.«

»Ich möchte doch wissen, was aus Herrn von Renneton geworden ist!« sagte die Schäferin, als der Mond schwieg.

Über dessen Gesicht zog eine Wolke.

»Nichts Besonderes, kleine Schäferin! Er ist damals nicht bestraft worden, weil sich Marguerite für ihn verwandte, deswegen ist es ihm aber doch nicht gut gegangen. Ich habe ihn noch lange in Frankreich herumlaufen sehen, immer unzufrieden, immer in Geldverlegenheit, von niemand geachtet, von keinem geliebt. Nicht einmal von seiner Frau, noch von seinem Sohne; sie waren froh, als der Alte eines Tages beim Kartenspiel Streit bekam und von seinem Gegner kurzerhand erschossen wurde. Dann wurde er nach zwei

Tagen vergessen, und daß ich von ihm rede, ist ebenfalls Zeitverschwendung. Wir wollen lieber noch einmal von der Spieldose sprechen, die doch noch einiges erlebte, nicht wahr, mein Döschen?«

Das Döschen klingelte lustig.

»Was ich erlebt, ist schnell erzählt. Zuerst steckte Frau Berthes ältester Enkel seinen Finger in mein Werk und machte mich kaputt. Keinen Ton konnte ich mehr von mir geben, so sehr man mich auch schüttelte und mich mißhandelte. Ich hatte auch keine Lust dazu, was wollte man mich so behandeln? Lieber stellte ich mich wieder in den Glasschrank und unterhielt mich mit den verschiedenen Dosen, Figürchen, Tassen und anderen Sachen, die man unter Glas zu stellen pflegt. Sie berichteten mir allerhand Dinge, und ich weiß nicht, wo die Zeit geblieben ist. Bis eine Hand mich eines Tages anfaßte, meinen Deckel öffnete, und ein paar Augen mich scharf betrachteten.

›Sollte das kleine Ding nicht wieder zu reparieren sein?‹

›Was willst du mit der Dose, Edna?‹ fragte eine andere Stimme, und die, die den Namen Edna führte, untersuchte mich von neuem. Sie hatte große braune Augen, und trug eine Mütze, und ein Kleid, das mit einem roten Kreuz geschmückt war.

›Was ich mit ihr will? Sie soll mir meine Verwundeten aufheitern. Es ist so still im Krankensaal; alle haben sie Schmerzen, und einige stöhnen. Wenn dann ein kleiner lustiger Ton kommt, eine Melodie, etwas, das nach Leben klingt, nach der Zeit, da man wieder gesund ist und nicht mehr Schmerzen empfindet – das wünsche ich mir immer! Wir haben nicht immer Regimentsmusik zur Verfügung, die kommt einmal im Jahr; aber so ein kleines, fröhliches Tönchen, das möchte ich über alle Maßen gern haben!‹

›Dein Großvater soll die kleine Dose entzwei gemacht haben!‹ sagte die andere Stimme wieder, und Edna sah lachend auf ein großes Ölbild, das einen gravitätischen Mann mit einem Orden darstellte.

›Kann man sich denken, daß dieser ernsthafte Großvater einmal ein kleiner, vorwitziger Junge war? Wir müssen es ihm schon verzeihen, und täten wir es nicht, dann wäre es ihm auch einerlei, da er lange gestorben ist. – Diese kleine Dose nehme ich mir aber mit!‹ –

Da bin ich also auf die Reise gegangen; plötzlich haben geschickte Finger an mir gearbeitet, jemand nannte mich ein sehr wertvolles kleines Stück, und dann habe ich bei dieser Gelegenheit auch erfahren, was denn eigentlich los war. Es war wieder einmal Krieg, gerade wie vor hundert Jahren, und wieder wollten die Franzosen in Deutschland umherspektakeln; diesmal hatten sie die Engländer, Russen und Italiener auf ihrer Seite, und Deutschland sollte vernichtet werden. Ich hörte es in der Werkstatt, wo ich wieder heil gemacht wurde, und dann auch im Lazarett, wo ich in Dienst stand.

Das war ein Lazarett auf Rädern, und wir rollten durch die halbe Welt. Schwester Edna war sehr vergnügt, denn ich war wieder gesund und spielte meine Märsche den verwundeten Soldaten vor. Alle die alten guten Melodien, mit denen ehemals die Soldaten in den Krieg gegangen waren; nun hörten es die, die aus dem Krieg kamen. Ich habe mir Mühe gegeben; wenn der Zug ganz leise fuhr und es fast dunkel war, dann begann ich meine Arbeit, und mancher Verwundete, der gar nicht hatte schlafen können, fand den Schlummer, wenn er mir zuhörte. So habe ich jede Nacht gespielt, dazwischen bin ich aber still gewesen, habe die Menschen reden lassen und ihnen zugehört. Da lernte ich viel. Schützengraben, Unterstand, dicke Berta, langer Max – zuerst konnte ich aus allem nicht klug werden. Zu lange hatte ich im Glasschrank in der Dunkelheit gestanden, und kam mir vor, wie ein junges Mädchen von Anno dazumal, das niemals wissen durfte, wie es in der Wirklichkeit war. Davon berichteten die kostbaren Tassen im Glasschranke, die ebenfalls zu nichts gebraucht wurden, als hübsch zu sein. Die Tassen konnten es vertragen, sie veränderten sich nicht; aber aus den jungen, tatenlosen Mädchen wurden alte unzufriedene. Manche leblosen Dinge gewinnen an Wert, je älter sie werden, bei den Menschen geht es anders her – wenn sie in der Jugend nicht gearbeitet haben, dann kommt ein freudloses Alter. Davon ist mir viel erzählt worden. Aber im Lazarett war nicht vom Alter, sondern von der Arbeit gesprochen; von der linden, aufopfernden Arbeit, wie auch Schwester Edna sie ausübte. Wie vielen hat sie geholfen, wie manchen in seiner letzten Stunde getröstet, über wie viele, die besser wurden, sich gefreut! Ach, es war eine gute Zeit, mit ihr zusammen zu sein und den Verwundeten meine Märsche vorzuspielen. Und dann auf den Bahnhöfen; da standen andere Frauen und Mädchen und labten die Verwundeten, die Durchreisenden, die Ankommenden! Es mochte ganz spät in der Nacht, oder ganz früh am Morgen sein – immer sah man Frauen, die ihren Schlaf opferten um zu helfen, zu erquicken und freundliche Worte zu sagen! Wahrlich, es ist gut, einmal wieder einen Blick in die Welt von heute zu tun! – Sie ist sehr unruhig, auch für mich, und ich kann natürlich nicht begreifen, weshalb die Menschen sich nicht vertragen, da sie doch zum großen Teil Christen sein wollen. Aber von diesen Dingen verstehe ich wohl nichts; ich muß ja noch weiter wandern, und daß ich hier stehe, ist nur eine Etappe, wie man jetzt sagt.«

»Wie bist du denn aus dem Lazarettzug hierher gekommen?«
fragte der Mond.

Die Spieldose klimperte zornig. »Das ist eine Unbegreiflichkeit.
Schwester Edna hat einmal nicht auf mich geachtet; da hat mich
jemand eilig genommen und in seine Tasche gesteckt. Das war irgendwo in Belgien, und der Kerl, der mich stahl, war ein belgischer
Arbeiter. Er hat mich dann einen Tag in seiner Tasche getragen und
mich einem Soldaten verkauft. Plötzlich war ich bei Französisch
sprechenden Menschen und mußte denen etwas vorspielen, und
dann war ich mit einem Male im Schützengraben, und, die mich
aufzogen und mich spielen liehen, waren Franzosen! Ich war sehr
verstimmt, denn ich bin viel zu lange in Deutschland gewesen, um
nicht die Welschen abscheulich zu finden, aber der junge Offizier,
der mich von einem Soldaten kaufte, war nicht so übel. Er ließ mich
ewig spielen und betrachtete mich von innen und außen, gerade, als
fände er irgendeine Bekanntschaft heraus, von der ich aber nichts
wußte. Das Leben im Schützengraben war im allgemeinen nicht
angenehm: viel Granaten und andere Schießdinger von den Deutschen, und endlich ein Sturm. Mein kleiner Leutnant hatte mich in
seine Bluse gesteckt, damit ich ihm nicht verloren ginge. Dicht neben mir ging ihm die Kugel in die Brust, und dann lagen wir beide
ganz still auf der Erde, und ich dachte darüber nach, was wohl aus
uns würde. Bis ich wieder das Tageslicht erblickte und ein deutscher Soldat mich betrachtete.

›Diese Musikdose wollen wir doch nicht mit dem Franzosen in
die Erde legen; von der können noch Lebende Spatz haben!‹

Nun stand ich in einem Soldatenheim hinter der Front und mußte
wieder spielen, und den Männern Freude bereiten, die wochenlang
im Schützengraben gelegen hatten und nun einmal Atem holen
durften.

Da saßen sie um die Tische, lasen, spielten Schach oder Karten, und inzwischen horchten sie auf meine Melodien. Dann aber merkte ich meine Jahre! Es war wohl schön, den Vaterlandsverteidigern Freude zu machen, aber allmählich wurde ich heiser und einige Stifte auf der Walze begannen schadhaft zu werden und zu krächzen, wie die jungen Raben. Es ist so weit gekommen, daß sie mich ausgelacht haben, ohne daran zu denken, wie lange ich schon lebte und wieviel ich geleistet hatte. So sind die Menschen – sie lieben uns leblose Gegenstände nur, solange wir ihnen nützlich sind – wenn unsere Kräfte versagen, dann verachten sie uns und erklären uns für altes Gerümpel! Nur ein junger Feldgrauer hat Mitleid mit mir gehabt, mich betrachtet und mich dann mitgenommen.

›Vielleicht kann das arme Ding noch wieder in Ordnung gebracht werden!‹ meinte er.

Er hatte gerade Urlaub, nahm mich mit in die Heimat und setzte mich in das Zimmer seiner Schwester. Sie hat versprochen, sich meiner anzunehmen, wenn sie Zeit hat. Wer aber hat Zeit in diesen Tagen? Ganz gewiß nicht ein Mädchen von siebzehn Jahren, das den Kopf voll hat von Lernen jeder Art! Heutzutage ist es nicht genug, daß ein junges Mädchen ein wenig Handarbeit macht, ein wenig kocht, ein wenig sich um allerlei Dinge bekümmert, die nur ein Viertel Lebenskraft in Anspruch nehmen. Sie will jetzt wirklich etwas leisten, will ihre eigene Person vergessen, um anderen zu helfen. Es ist noch nicht sehr lange her, da wollten viele junge Mädchen sich nur belustigen, wollten reisen, Tennis spielen, Blusen sticken, und wenn sie ans Kochen dachten, dachten sie nur an feine Gerichte. Jetzt wissen sie, daß es nicht die Zeit der feinen Gerichte, des Tennisspiels, der Blusenstickerei ist! – Es fegt ein eiserner Besen durchs Land. Er ist nicht lind, und viele weinen, wo er kehrte, und behalten die Striemen ihr Leben lang –, aber manchen hat er den Weg gewiesen, den sie gehen müssen. Er ist steinig und rauh, aber er gewährt Befriedigung. Kein Mädchen will mehr ein nutzloser Ziergegenstand sein, sondern will arbeiten, wie ihre Brüder arbeiten fürs Vaterland!«

Die kleine Dose sprach heiser und schwieg plötzlich, während in ihrem Inneren etwas rasselte. Da rührten sich alle, die ihr zuhörten, und ein leises Raunen ging durch das Gemach. Sie flüsterten miteinander und sprachen über die ernsthafte Zeit, an die sie nicht dachten, als sie selbst noch jung waren und es noch Fröhlichkeit gab und sorgloses Genießen. Würde diese Zeit jemals wiederkehren? Sie fragten es sich, und der Mond warf noch einmal sein weißes Licht über alle.

»Die Zukunft ist verborgen,« sagte er. »Niemand kann sie ergründen. Ich sehe nur in die Vergangenheit und weiß vieles, daß euch verborgen bleibt. Ich weiß, daß der Franzose, bei dem die Spieldose gefunden wurde, Dubois hieß, und das er immer von einem Uroheim sprach, der ehedem General unter dem ersten Napoleon war. Ich weiß auch, liebe Laute, daß Nachkommen der kleinen Marquise gegen Urenkel von Berthe im Felde stehen, und daß bei einem deutschen, berühmten General ein Bild von Riekchen hängt, das ihr Nachkomme mit Stolz als das seiner Ältermutter zeigt. Er steht jetzt im Westen; vielleicht gegen die Enkel des Grafen Louis und gegen andere, deren Vorfahren Schutz und Hilfe in Deutschland fanden. Sie haben's vergessen, die trotzigen Kinder der heutigen Zeit; aber ich habe es nicht vergessen, und es wird vielleicht die Stunde schlagen, wo ich leise mit ihnen reden kann. Denn einmal wird doch der Tag kommen, an dem auch leise Stimmen gehört werden. Heute hört man nur Geschrei und Gebrüll; aber auch das wird vorübergehen! Ich weiß es, weil auf der Erde alles dem Wechsel Untertan ist. Am meisten die Menschen. Denn meine große Mutter, die Sonne und ich sind dieselben geblieben, solange die Erde besteht; was aber haben wir schon alles werden und vergehen sehen!«

Der Mond schwieg einen Augenblick und blickte auf die Schatten, die in seinem Lichte auf und nieder schwebten.

»Ich weiß, wer ihr seid! Ihr seid die Schatten von denen, die einst die Laute spielten, die am Schreibtisch saßen oder der Spieldose lauschten. Geht nur wieder schlafen: für diese neue Welt, die hernach kommen wird, seid ihr doch nicht geschaffen! Laßt die kleine Dorothee in Ruhe, die jetzt hier herrscht. Sie ist anders als ihr waret, und sie wird anders bleiben. Sie wird nicht Genüge finden an alten Mahagonimöbeln, an der Laute, an einer Schäferin; ihre Gedanken streben hinaus. Wohl wird sie Freude haben an Geigenklang und harmlosem Vergnügen, aber ihre Seele wird nicht davon ausgefüllt werden. Dazu ist die Welt zu ernsthaft geworden, zu voll von Trauer und Tränen. Sie wird helfen, Tränen zu trocknen und Verirrte auf den rechten Weg zu weisen; sie wird für andere arbeiten, weil allein in der Arbeit ein Geheimnis liegt, nämlich das Geheimnis der ewigen Jugend. Nur die Untätigen, Unbefriedigten altern; die Strebenden, Arbeitenden bleiben ewig jung! Ihr aber wurdet alt – deshalb mußtet ihr vergehen und anderen Platz machen!«

Es kam eine zarte Wolke und glitt über den Mond. Da wurde es dunkel, und nur die Laute seufzte ganz leise. Von draußen antwortete die Nachtigall und im Osten ward der Himmel hell, die Morgendämmerung wob sich ein rosiges Gewand. Leise glitten die Geister in die Morgenröte.

Über tredition

Eigenes Buch veröffentlichen

tredition wurde 2006 in Hamburg gegründet und hat seither mehrere tausend Buchtitel veröffentlicht. Autoren veröffentlichen in wenigen leichten Schritten gedruckte Bücher, e-Books und audio-Books. tredition hat das Ziel, die beste und fairste Veröffentlichungsmöglichkeit für Autoren zu bieten.

tredition wurde mit der Erkenntnis gegründet, dass nur etwa jedes 200. bei Verlagen eingereichte Manuskript veröffentlicht wird. Dabei hat jedes Buch seinen Markt, also seine Leser. tredition sorgt dafür, dass für jedes Buch die Leserschaft auch erreicht wird.

Im einzigartigen Literatur-Netzwerk von tredition bieten zahlreiche Literatur-Partner (das sind Lektoren, Übersetzer, Hörbuchsprecher und Illustratoren) ihre Dienstleistung an, um Manuskripte zu verbessern oder die Vielfalt zu erhöhen. Autoren vereinbaren direkt mit den Literatur-Partnern die Konditionen ihrer Zusammenarbeit und partizipieren gemeinsam am Erfolg des Buches.

Das gesamte Verlagsprogramm von tredition ist bei allen stationären Buchhandlungen und Online-Buchhändlern wie z. B. Amazon erhältlich. e-Books stehen bei den führenden Online-Portalen (z. B. iBookstore von Apple oder Kindle von Amazon) zum Verkauf.

Einfach leicht ein Buch veröffentlichen: **www.tredition.de**

Eigene Buchreihe oder eigenen Verlag gründen

Seit 2009 bietet tredition sein Verlagskonzept auch als sogenanntes "White-Label" an. Das bedeutet, dass andere Unternehmen, Institutionen und Personen risikofrei und unkompliziert selbst zum Herausgeber von Büchern und Buchreihen unter eigener Marke werden können. tredition übernimmt dabei das komplette Herstellungs- und Distributionsrisiko.

Zahlreiche Zeitschriften-, Zeitungs- und Buchverlage, Universitäten, Forschungseinrichtungen u.v.m. nutzen diese Dienstleistung von tredition, um unter eigener Marke ohne Risiko Bücher zu verlegen.

Alle Informationen im Internet: **www.tredition.de/fuer-verlage**

tredition wurde mit mehreren Innovationspreisen ausgezeichnet, u. a. mit dem Webfuture Award und dem Innovationspreis der Buch Digitale.

tredition ist Mitglied im Börsenverein des Deutschen Buchhandels.

Dieses Werk elektronisch lesen

Dieses Werk ist Teil der Gutenberg-DE Edition DVD. Diese enthält das komplette Archiv des Projekt Gutenberg-DE. Die DVD ist im Internet erhältlich auf **http://gutenbergshop.abc.de**

FSC
www.fsc.org
MIX
Papier | Fördert
gute Waldnutzung
FSC® C083411

Zeitfracht Medien GmbH
Ferdinand-Jühlke-Straße 7
99095 Erfurt, Deutschland
produktsicherheit@kolibri360.de